AF210976

Herstellung: Books on Demand GmbH

ISBN 3-8311-3331-X

Michael Path, wurde an einem unbestimmten Tag im Kosmos als Idee geboren und kam auf die Welt.

Nach seinem Studium der dialektischen Rabulistik an der Sorbonne, begann er seine Karriere als Geschäftsführer eines Fahrradkurierservices in der Antarktis. Die Geschäfte liefen etwas schleppend an, aber bekannt für sein Beharrungsvermögen, hielt er dort immerhin 20 Jahre aus, bis er schließlich seinen Betrieb an einen Kaiserpinguin verkaufen konnte. Aus dieser Zeit stammt der hier vorliegende Band von Kurzgeschichten und Lyrik-Prosa.

20 Jahre

Weisheit für'n Appel un'n Ei

<u>25.5.1981</u> Montag

(Montag)

Am Tage der Tagen ging der kleine Knut in den Teich.
Man hatte ihm erzählt, das dort ganz viele oft leben
würden. Diese ganz viele oft wollte er nun besuchen.
Es dürstete ihn, mit dem Bus zu fahren.

<u>26.5.1981</u> Dienstag

(Montag)

<u>Die Geschichte von Klara, der Mülltonne</u>

Sie verspürte den unbändigen Drang zur Freiheit, die
Ketten sprengen und sich in die Lüfte erheben.
Frei sein, oh welch Wort. Noch nie hatte sie eine derartige
Gefühlsaufwallung bei sich beobachtet.
Die Klappe öffnete sich, Luft strömte ein, Gase entwichen.
Sie blähte sich kontinuierlich auf. Endlich, der große
Augenblick war da.
Der Augenblick auf den sie über 2 Millionen Jahre warten
musste. Sie wurde leichter.
Sie konnte endlich fliegen.

<u>31.5.1981</u> Dienstag

Die Preiselbeeren aus dem Norden. Sie reifen in unberührter Natur, in Wäldern mit reiner frischer Luft und viel Licht. Die Wachstumsverhältnisse in diesem Gebiet ergeben Früchte vorzüglicher Qualität.

<u>31.5.1981</u> Sonntag

„Gnarz," sagte ich.
„Was !" schrie er mich an, „bist Du jetzt auch endlich ?"
Dieser Vorfall erschütterte mich zutiefst, ich packte meine Sachen und ging davon.
Überall kugelten sich fette Dreier herum, bei meinen kläglichen Versuchen ihnen auszuweichen, glitt ich über die vielen Zettel hinweg. Zudem erschwerte der Umstand von vorwärtskommen, dass es tiefste Nacht war und ich vor Helligkeit kein Auge zubekam.
Doch dann kam mir die Verdunkelung, es viel mir wie das Lettering meines geschriebenen Fernsehers auf die verknorpelten Holzleisten :
Ich brauchte doch bloß zu gehen !
Dies war meine Rettung; ich wurde von der Erlösung befreit.

Damals entfleuchten uns unsere Gedanken. Damals.
Mit diesem Wort verbanden sich Erinnerungen, Erinnerungen die niemals wiederkehren sollten. Sie wurden in den Strudel der Geduld herabgezogen. Ein Strudel, der nichts mehr preisgab was er einmal in seinen Fängen hatte.
Dieser Gedanke war für mich beruhigend. Ich hätte schlaflose Nächte durchgemacht, wenn sie nicht in Sicherheit gewesen wären.
Auf dieser Welt war es eigentlich verboten, Gedanken zu haben, aber sie wurden kaum gefangen, da Spione in der Leitung standen. Ohne diese Spione lief fast nichts bei uns. Man könnte sagen, dass wir abhängig von ihnen waren. Eigentlich war ja jeder ein Spion. Auf irgendeine Art und Weise konnte man dies nicht verschweigen.
Es war nicht neu und doch war es alt. Mein Vater sagte einmal: „ traue niemanden, der versucht."
Diesen Satz werde ich wohl nie vergessen. Manchmal hatte ich das Gefühl, dass er anders war als die anderen. Ich verstand ihn meistens nicht, wenn er mit mir sprach, wenn er überhaupt mal ein Wort sagte.
Unsere Familie war die letzte, die das Unglück überlebte. Wir waren allein.

Hier hören die Eintragungen auf.
Wir werden niemals erfahren warum wir so waren.

Donnerstag

Der Regen fiel, fiel immer tiefer. Ich blickte ihm traurig
nach. Eine Aura feurigen Wassers umgab mich.
Erst jetzt wurde mir gewahr, dass ich brannte. Ich stürzte
mich in die Tiefe, um das Feuer zu löschen. Während ich
fiel, sah ich meine Mutter. Sie hing an einem Ast.
Sie winkte mir zu.
Das Feuer ging nicht aus. Ich ärgerte mich darüber, so
etwas war mir noch nie passiert. Spätestens nach 10 km war
es immer verlöscht. Ich wartete.
Solche Angelegenheiten konnten recht langwierig werden,
also richtete ich mich auf einen vergnüglichen Abend ein.
Doch ich hatte Glück. Schon nach einer halben Stunde
brannte es nieder. Ich war zufrieden und ging.

10.6.1981 Mittwoch, von Gabor und Gabor

Es wird gewesen war, da die Produktion von
Kunststofffetten überhand nahm und durch die Normannen
in Griechenland mit Sauerstoff ohne O und ohne O und
ohne O und ohne O und ohne O, aber mit B und Y
außerhalb der Quadraten und Hydranten nicht zu vergessen
die Quadranten die einmal sagten, dass Autos mit Blei
geheizt werden und nicht wissen, dass das Blei eigentlich
für sich selber bestimmt war und doch mit X K
geschrieben, aber die Konstanz der Toleranz ist der
Hyperantrieb der Intergalaktischen Atmosphäre ist aus
indirekten Fetten und V-Bahnen zusammengekettet, die

7

einmal sagten : wir wollen einen Martini mit Eis. Aber Abstimmen ist in der Nord-Südpolkrise wohl das wichtigste Relikt, welchen die ander tranken bis der Stein versunken im Schlick wie auf dem Berge. Dieses Ritual wurde durch das Royal und Co über den Wasserspiegel gehoben, damit das Schicksal 1m größer machte. Dieser schwere Schicksalsschlag verschlug ihn zurück und machte die Ölindustrie um den Boden herum liegend.   E N D E
Shicsal

16.7.1981 Donnerstag

Grade Bahnen zieh'n die Kreise,
leuchten hell im Mondgestein.
Zeigen auf wie alt und weise es doch sein kann
auf der Reise.
Öde, fremd und Dunkelheit treiben unter aufgereit.
Welch Blanknes wir schon schwelgen, sieh es Übelkeit.
Von heut auf morgen wir wer'n sagen:
sag es mir, sie war'n zu zweit.
Blau so blau, so sollt es sein. Spricht wieder auch mit dir.
Ein Individuum tief im All, so mag es sein.
Stränge von der Möglichkeit. Dichte von der Teekanne.
So soll es sein, so soll es sein.
Spitze eines Kugelschreibers, Spitze einer Einkaufskarte.
Oh, diese Dummheit, ich weiß nicht or I should known.
Buchstaben von größter Wirklichkeit.
Schlüsselbund von Nummernkarten.
Grade Bahnen die sie zie'n, lass s

11.10.1981 Sonntag

Nachzudenken ist schlecht, denn über das Schlechte wurde zu oft nachgedacht.

21.10.1981 Mittwoch

Die Schwachen werden die Starken sein, die Starken sind die Schwachen.
Nur wer stark ist, vermag auch schwach zu sein.

1.11.1981 Sonntag

Augen sind kaum zu glauben.
Augen sind undenkbar.

6.11.1981 Freitag

Die Welt ward geschliffen ins Nichts.

2.12.1981 Mittwoch

Die Menschen sind tot, sie wissen es nur noch nicht.

3.12.1981 Donnerstag

Auf, auf, zu neuen Schlachten.
Auf, auf, zu neuen Siegen.
Auf, auf, zum neuen Schlachten.
Auf, auf, zum neuen Sieben.

7.12.1981 Montag

Vertrauen ist eine Sache der Unglaubwürdigkeit.

9.12.1981 Mittwoch

In Wahrheit ist alles eine einzige große Lüge, geschaffen, um uns, vor unserer Selbstsucht zu bewahren.

1.1.1982 Freitag

Wer macht sich schon die Mühe, das Alltägliche zu begreifen ?

10

<u>3.1.1982</u> Sonntag

Schrank, geflügeltes Wort. Monströses Bauwerk aus
vergangenen Zeiten. Kunstvoll geschwungen, bedeckt von
Eichenlaub. Saugst den Duft in dich hinein.
Unverrückbar wie die Festung, gleichwohl ein Kartenhaus.
Kartenhaus aus Stahl.
Nichts ist, wie es ist. Nichts.

<u>11.1.1982</u> Montag

Warum ist der Himmel blau ?
Dies ist die Symbolfrage.
Sie steht für alle Fragen,
denn eine Frage kann man nicht beantworten,
man wird es auch nie können.

<u>21.1.1982</u> Donnerstag

Die Lüge ist nur dann gehaltvoll, sobald sie lügt.

<u>22.1.1982</u> Freitag

Gibt es ehrliche Worte

<u>23.1.1982</u> Samstag

Jedes ist Alles.
Alles ist Jedes.
Jedes ist die Welt.
Die Welt ist Alles.
Alles ist die Welt.
Die Welt ist Jedes.
Jedes ist Alles.

Jedes.

Die Leiter ist das Nichts.
Sie ist nicht leiser noch lauter.
Sie ist Leiter.

<u>4.2.1982</u> Donnerstag

Endlich

Es gibt viel mehr als Alles.

12

<u>5.2.1982</u> Freitag

Das Leben ist der Tod,
niemals die Geburt.

Das Leben ist der Anfang allen Endes.

<u>7.2.1982</u> Sonntag

Wenn es anfängt, nass zu werden,
wird es nicht zu stillen sein,
wird bald nur noch die Leere herrschen,
an den Boden wir gepresst mit Mark und Bein,
und nun schon so verwest,
werden wir zu Erde,
und mit ihr untergehen.

<u>24.2.1982</u> Mittwoch

Ich bin alt, krank, gebrechlich.
Keine Hoffnung, das Lebenslicht leis' ausgehaucht,
eine schwache Flamme ohnehin.
Ausgezehrt, schwächlich,
Ich verende.

<u>28.2.1982</u> Sonntag

Sie sind alle so satt, so satt, dass sie die Schönheit nicht erblicken. Sie füttern, sie stopfen und voller Erwartung des Ergebnisses. Sie halten es in ihren Händen, sie erklären es, für jedes Wort eine Bedeutung, selbst für das Wort, man wird sie nicht los, sie reden, sie reden viel, viel zuviel, sie reden sie würden sehen, sie reden es wäre kalt, sie reden 1+1 sei 2, doch sie reden nur, nicht mehr.
Die Träume bleiben, nur die letzten Träume einer Geschichte, einer kurzen Geschichte.
Ich bin glücklich, doch bin ich es ? Immer leiser währt die Zeit. Immer leiser. Kaum ein Laut, immer leiser. Schließlich nichts.
Nichts. Überall, so schön, so wunderschön.

<u>3.3.1982</u> Mittwoch

1 ist unendlich

<u>14.3.1982</u> Sonntag

Wie.
Ein,...........................schönes Wort.

<u>21.3.1982</u> Sonntag

Sonderbar.
Wie sonderbar es ist...........anzuschaun.
Ist es, nicht ?
Wahr ?

<u>30.3.1982</u> Dienstag

Nichtigkeiten.
Wichtigkeiten.
Es geht hindurch.
Oder gehe ich ?
Klar, ganz klar.
Ein wenig milchig, gewiss.
Komme ich heraus ?
Wirklich   keit
Käumlich.
Unendlich

Es ist nicht viel nötig, um zu sterben, und den Tod zu
suchen, heißt, nichts zu suchen.

Don Juan

<u>13.4.1982</u> Montag

Wenn die Sonne aufgeht, wenn sie aufgeht,
erstrahlt ein schwacher Schimmer,
ein fader Lichtschein nur.
Nichts mehr von einstiger Schönheit ist geblieben.
Wo sind die Tage ?
Die Tage der Leichtigkeit.
Hinweggerafft durch uns.
Ich stand davor.
Nur davor.
Setzte an zu sprechen,
doch wusste gleich,
man hört mich nicht.
Ich stand davor.
Nur davor.

<u>3.5.1982</u> Montag

Auf das Hoffen, kann es keine Antwort geben.

16

18.6.1982 Freitag

Päuschen, Päuschen einerlei,
wiviel sind es zwei ?
Drei ?
Selb ging auf das Dach,
einen Spaziergang wollt er tun,
vergaß dabei seit keinem Jahr tüchtig auszuruhn.
Heut geht er noch mehr.
Heute ist er ja so leer.
Auf den Wolken wollt er fliegen.
Auf des Schusters Rappen wollt er reiten,
jedoch seit alten Zeiten
will ihm dieses keine Freud bereiten,
woher soll er wissen was er weiß ?
Verschlossen dacht er sich er kann nicht denken.
Unbeschreiblich, scheiblich, war er nicht zu bremsen,
in der Nacht auf Wacht bei seiner Fracht.
Das Leben glitt ihm aus der Hand,
weil er sich darin befand.

Nanu, das ist eine schadhafte Pampelmuse.

1.7.1982 Donnerstag

weint nicht, ihr Tage
seid nicht so fein, ihr Tage
macht euch ganz klein, ihr Tage
lasst euch sein, ihr Tage

<u>7.7.1982</u> Mittwoch

<u>Aufgegangen ist der Mond</u>

Ich fahre falsch. Irgendwo falsch.
Die Richtung stimmt, doch die Sprache drängt sich auf.
Das Schiff lebt noch, es lädt mich ein, doch bis ich dort bin,
ist es abgefahren
und schon lang auf hoher See.
Zu spät.
Ich sagte ihm, verklagen die Wolken, auf wiedersehn,
bis bald in Borneo.
Millionen Striche auf mir ein.
San Salvador, haben Sie ein Segelboot,
dann nimm mich mit.
Die Suppenschüssel verlängerte sich, wie so oft, wenn sie
mit mir sprach.
Es wird mir klar, dass es viele Wörter gibt.
Er rief.

<u>27.7.1982</u> Dienstag

jetzt ist immer
jetzt ist immer
jetzt ist gleich immer

18

<u>2.8.1982</u> Montag

Und wenn's mir hier nicht mehr gefällt,
flieg ich halt davon.

Den Frieden überlebt man nicht.

<u>25.8.1982</u>

Nichts ist wichtig.
Nichts ist unwichtig.

<u>26.8.1982</u>

Wenn du ein Problem, einen Satz, eine Situation nicht
verstehst, dann geh, verlasse all diese Dinge und kauf dir
einen Hut.

<u>28.8.1982</u> Samstag

Das Radio dudelt im Hintergrund. Er bildet sich ein, es
wäre Radio Nordamerika, die Sonne scheint in sein Zimmer
und trifft auf einen Efeu, der sich dankbar reckt.

Es ist morgens, es könnte genau so gut Paris sein, mit dem einzigen Unterschied, dass Radio Paris nicht auf englisch sendet.

Ein Stapel Bücher liegt neben ihm, gedankenverloren blickt er sie an. Es rauscht, die Verbindung ist schlecht, die Sonne scheint. Das Leben ist nicht weit, jetzt ist die Verbindung besser.

Das Lied ist aggressiv und liegt auf Platz 41 in den Charts. Das Fenster ist zu, dennoch dringt Licht durch die Scheibe. Der Sprecher redet, er redet von: offensichtlich.

3 Vögel auf dem Weg nach Osten. Die Musik ist schrecklich. Doch er hat einen Hut.

Er wusste nicht das Nordamerika United Kingdom heißt.

Jetzt weiß er es.

6.9.1982 Montag

Auf einem See, lag noch niemals Schnee.

7.9.1982 Dienstag

Ich habe die Gesellschaft kotzen sehn und bin vorbei gegangen.

Ich wollte sie nach der Zeit fragen, hätte ich gefragt, hätte sie mich angekotzt.

<u>18.9.1982</u> Samstag

Der goldene Mittelweg ist das einzig Wahre.
Aber selbst das ist wieder extrem.
Letzter Ausweg ist und bleibt der Tod.
Aber selbst das ist wieder extrem.
Alles, nichts.
Nichts, alles.

Alles in allem = Nichts = Alles

<u>24.10.1982</u> Sonntag

Wie lange erschüttern uns Bilder vom Krieg, von zerfetzten
Leibern ?
10 Minuten, eine Viertelstunde ?

<u>1.11.1982</u> Montag

Seit der Mensch denken kann, befindet er sich doch ständig
in ärztlicher Behandlung.

<u>16.11.1982</u> Dienstag

Ich sitze hier in meiner Bank, dort vorne steht einer der
redet, redet immerfort, er meint es gut, ich höre seine
Worte, ich glaube den Sinn, den Inhalt seiner Sätze zu
verstehen, doch.....ich sitze nur und nichts berührt mich
mehr.

<u>7.12.1982</u> Dienstag

Lasst mich lebend sterben.

<u>1.10.1982</u> Freitag

Das erdachte und (früher oder) später verwirklichte System,
ist immer (nie) nur solange perfekt, wie es neu ist.

<u>11.1.1983</u> Dienstag

Ich bin der durchschnittlichste Mensch der Welt.
Nichts kann ich wirklich, nur alles ein wenig.
Ich bin der Durchschnitt dieser Welt.
Man könnte sagen, dass ich überdurchschnittlich
durchschnittlich bin.

<u>25.5.1983</u> Mittwoch

Meine Gedanken sind so fleischig.

<u>28.6.1983</u> Dienstag

<u>Gedanken eines Luftballons / Problem der Pluralbildung</u>

Nur wenn man die Unterschiedlichkeit des Dinges erkannt hat, kann man nicht mehr über es sprechen.

<u>1.8.1983</u> Montag

Die Erde unter unseren Köpfen verfärbt sich in ein sattes Braun. Solche Farben lassen immer Übelkeitsgefühle in mir aufsteigen. Etwa 1,5 Meilen entfernt liegt eine Schlucht durch die wir hindurch müssen.
Zwei steil aufragende Blöcke, die Ähnlichkeit mit Quadern besitzen, flankieren sie.
Soweit es sich aus dieser Entfernung beurteilen lässt würde Gumpi sagen, dass es sich um Schiefergestein handelt (sein Verdacht sollte sich nur zum Teil bewahrheiten).
Links und rechts der Schlucht verläuft ein Graben, der den Planeten in zwei Hälften spaltet, demnach ist die Schlucht eigentlich eine falsche Bezeichnung, richtiger wäre es Brücke zu sagen.

Im letzten Drittel versperrt uns ein riesiger Bandwurm den Durchgang. Da es schon spät ist, beschließen wir unser Lager hier aufzuschlagen. Gumpi, der alte Possenreißer kann sich einen Witz wieder nicht verkneifen :

„Gut, dass ich mir vor dieser Reise den Magen herausnehmen hab' lassen." Alle lachen.

Hans, der einzige der einen Hochschulabschluß hat, wollte dem Bandwurm seine Salami opfern, das war vor einer Stunde, hat den Plan aber inzwischen aufgegeben. Ich bin mehr oder minder zufällig dabei. Meine kleine Tochter, sie wurde vor drei Wochen 4 ein halb, hat mir diese Stelle verschafft. Ich war vorher Klempnerlehrling, Umschulung, sie versteh'n. Zuerst wollte ich ja gar nicht, aber heute geht alles automatisch, schließlich steckt die Raumfahrt nicht mehr in den Kinderschuhen. Nur die Bordküche konnte mich bisher nicht voll zufriedenstellen, selbst mein Großvater hat einen Geschirrspüler. Als Ausgleich dafür ist wiederum das Essen vorzüglich. Ich will Sie ja nicht mit den Vorteilen der keimfreien Küche langweilen, doch sollten Sie arbeitslos sein und gutes Essen lieben, fassen Sie den Plan ins Auge und gehen Sie in die Raumfahrt.

<u>7.8.1983</u> Sonntag

Meine Füße sind wie Flipperautomaten.

<u>8.8.1983</u> Montag

Früher sahen die Vögel gepflegter aus.

<u>9.8.1983</u> Dienstag

Das Einzige, von dem ich behaupten kann, es zu beherrschen, ist das Anziehen eines Schlafanzuges.

<u>28.8.1983</u> Sonntag

Ich bin dümmer als eine Puddingsoße.

<u>5.9.1983</u> Montag

Auf der Straße Sorbonne.
Überall die toten Leichen, die lachen.
Menschen sind Gesichter,
die Rückseiten sieht man nicht.
Ich bin ein Sonnenblumenkern.

18.10.1983 Dienstag

Alles ist so gleich. Alles sind nur Ableitungen, der einzigen großen langen Geschichte.
Die nur eine Sache zum Thema hat. Wenn wir wüssten welche, wohl selbst dann noch, hätte ich keine schwache Ahnung, was um mich herum vor sich geht.

23.10.1983 Sonntag

Ah, was ist denn das ?
Ich habe doch nur das Geräusch einer Dampflokomotive nachgeahmt.
Du und deine dummen Einfälle !
Ständig hackst du auf mir herum.
Allerweil, wenn man sich an die Dinge, die man vor 8 Tagen tat, doch sowieso nicht mehr erinnert, warum bewegt man sich dann überhaupt noch ? Eine Lösung wäre, den ganzen Tag über, immer dasselbe zu tun, dies danach in einen Kalender einzutragen und sich sofort schlafen zu legen. Seinen Enkelkindern könnte man dann erzählen, welcher Tätigkeit man sich an diesem Tag hingab. Die Antwort der Enkelkinder dürfte lauten:
„Mensch, ist der alte Knacker behämmert." Man hätte dann wenigstens einen Grund, die Kinder zu schlagen.
Logisches tun in einer absurden Welt.
Was willst du ?
Immer hackst du auf mir rum.
Das ist ja hochkritisch.

7.12.1983 Mittwoch

Alles hat seine Gültigkeit.

7.1.1984 Sonnabend

Der Regen macht mich fröhlich. Ich sitze hier inmitten meines Luxus, denke, man kann alles tun.
Der Mut von dem ich einmal sprach, auch mir fehlt er allzu sehr. Dieses Leben wäre so leicht, es gäbe nur die Alternative Tod oder Leben. Das ist wohl der Grund, warum sich der Mensch die Arbeit in Banken geschaffen hat. Es ist der Ersatz für die eigene Unfähigkeit.
Mich hindert das ewige Streben nach Sicherheit, dieses Warten, aber warum über vielleicht Zukünftiges nachdenken.
Der Regen sagt: „Freiheit"

17.1.1981 Dienstadium

Musik verwandelt die Zeit in einen Streifen Zelluloid.

<u>19.1.1984</u> Donnerstag

Ich will es nicht niederlegen, obwohl auf die gleiche Weise beginnt.

Dieses Atom auf dem wir existieren, beherbergt so viele Vorstellungen, jede ein eigenes Atom.

Solche Fülle ist entleerend, dass man den ganzen Tag am liebsten dem Konsum hinterher jagen möchte, nur um zu vergessen oder auf einer Landschaft liegend in die Wolken starren.

Eben diese Fülle ist es, die einem mal großartig, mal einschläfernd erscheint, erdrückend, welche uns zwingt von Platz zu Platz zu hetzen.

Wieviel schlimmer, wieviel schöner es sein könnte, müssten wir nicht essen.

Letztlich ist es immer russisches Roulette, bei dem uns nur festzustellen bleibt, dass jener Planet, wahrscheinlich einigermaßen rund ist.

<u>28.1.1984</u> Samstag

Zukünftige Ereignisse werden kommen. Es ist angenehm zu wissen, wann sie eintreten werden, noch angenehmer ist es nicht zu wissen, wann das Ende die zertretenen Stufen hinaufsteigt.

Die Unberechenbarkeit macht das Leben unberechenbar, trotzdem zerstört sich der Mensch diese Unberechenbarkeit.

Es ist ein Abwägen der besser zum Überleben geeigneten Wege : Ungewißheit oder Sicherheit, denn wo wäre diese Welt, wenn jeder nach seinen Überzeugungen lebte ?
So trägt die Sicherheit das Ungewisse.
Doch ich fürchte es kommen immer neue Sicherheitsziele und ich habe Mühe, sie nicht als unabdingbar notwendig anzusehen. Die Furcht, den Sprung nicht zu schaffen ist dabei eigentlich völlig unbegründet, denn das Leben bietet genug Zeit und Raum, diesen Schritt wann immer und wo immer auszuführen. Ich male dies aus der Ungewißheit des Wartens heraus, wie dieses Jahr zuende gehen wird. Jeder Schritt ist ein Schritt in eine neue Richtung, in ein neues Leben, in ein neues Geschwätz.

29.1.1984 Sonntag

Bin so fertig. Ein geistig-körperliches Wrack mit abgerissenen Hirnvorstellungen.
Es läuft wankend im Rausch des Deliriums durch den Raum, den Kopf tief in die
Auslegeware vergraben.
Warten ist anstrengend, weil man in der Zukunft lebt.

<u>9.2.1984</u> Donnerstag

Wenn ich so in einem dunklen Zimmer liege, Musik höre,
mir vorstelle, in Sibirien hört jetzt einer dieselbe Musik,
mich dann in seine Lage versetze, mir seine Arbeit, den
ganzen Tagesablauf vor Augen halte und mir weiter
einbilde, er ich denkt jetzt, was wohl Menschen jetzt in
Deutschland veranstalten, ich dann in meine Höhle
zurückkehre, wie ein Tier, aus meinem Loch die Erde
betrachte, wie sie glaubt in 24 Stunden um sich selbst zu
drehen, überkommt mich dieses Gefühl der alles-tun-
können-, alles-egal-Stimmungen und gleichzeitig diese
schöne Gewißheit, noch ein paar Sekunden bequem dahin-
existieren zu können.

<u>18.2.1984</u> Sonnabend

........liegt auf seiner Bahre. Das Licht knallt durch das
Fenster in seinem Zimmer hin und her, Musik strömt aus
der Spielzeugtruhe.
Wachträume von weißer Schokolade beanspruchen sein
gesamtes Konzentrationsvermögen.
Er malt sich die berauschende Wirkung dieses Stoffes aus.
Sieht sich durch die Straßen trudeln und sämtlichen
Geschmackkonsumwünschen nachgeben.

<u>18.2.1984</u> Samstag

Essen und trinken sind die schönsten Beschäftigungen, wohl auch deshalb, weil sie niemals langweilig werden.

<u>26.2.1984</u> Sonntag

Dumm sind nur die, die glauben klug zu sein.
Klug sind nur die, die glauben dumm zu sein.
Glauben dumm zu sein, macht dumm und nur Dumme können glauben klug zu sein.

<u>2.3.1984</u> Freitag

In mir trat etwas auf die Strasse, während der Regen lachend auf das Pflaster knallte. Da konnte ich erkennen, eine sondervolle Materie bewegte sich auf der anderen Seite in meine Richtung.
Was zu sehen war deutete klar auf eine geschrägte Holzlatte. Auf gleicher Höhe mit mir begriff ich,
es war mein Freund.

<u>18.3.1984</u> Sonntag

Der Kaffee

Ich nehme einen Salatteller, bitte.
Und die Dame ?
Was möchtest Du ?
Einen Gurkensalat.
Und einen Gurkensalat, bitte.
Nur puren Gurkensalat, gnädige Frau ?
Liebling....Du musst doch etwas essen, bitte.

Also schön, Salatteller und einmal Gurkensalat.
Entschuldige den Liebling, ich dachte wir würden gerade
einen Film machen.

<u>23.3.1984</u> Freitag

Der Tag, an dem eine Würstchenbude in mein Zimmer trat.
Wollte mich gerade in einen bequeme Stellung bringen, als
es kurz klopfte, die verlassene Bude hineinrollte, die Tür
hinter sich zuschlug und abschloss.
Mein linkes Bein wurde unruhig und rutschte ganz nah an
den Sessel, was bewirkte, dass sich mein Oberkörper
unnatürlich aufrichtete und anfing nach rechts
wegzusacken. Ich hatte ein Gefühl, als wenn mein Gehirn
jeden Moment aus dem Kopf fallen müsste.
So blickte ich sie an.

Währendessen mein Schauckelpferdchen mit der Geldkassette im Zimmer umherlief und Hufstandüberschlag machte. Die Geldkassette, die vor Neid zu zerplatzen schien, wollte es ihm unbedingt gleichtun, blieb jedoch immer auf ihrer Oberseite liegen, wobei jedesmal einige Geldstücke herauskullerten.
Ich konnte nur denken : hoffentlich versucht die Würstchenbude nicht auch, artistische Einlagen zu geben.

<u>1.4.1984</u> Sonntag

Pauschalitäten sind immer Unsinn.

<u>20.4.1984</u> Freitag

Realität gibt es nicht, es existieren nur Welten.
Oder von allem Wahren ist stets auch das Gegenteil wahr.

<u>17.5.1984</u> Donnerstag

Das Krankenzimmer roch faulig, soeben erst desinfiziert und ausgemistet. Nachdem seine Schwestern den Raum verlassen hatten, wagte F. seine Augen zu öffnen. Aus der Berieselungsanlage dröhnten gedämpfte Schlager.

Kurz bevor F. aufstand, ließ er sich seinen alltäglichen Schwur auferlegen, schlug dann selbst die Scheibe seines Zimmers ein und fand sich 7 Monate später auf einer stark befahrenen Verkehrskreuzung wieder.

F. wusste, dass er Dr. der Psychologie war und den Menschen samt Seele kannte und er wusste, dass sein bisheriges Leben inhaltsschwer war, dass er dieses Leben satt hatte und von seiner Seele zu seinem Körper zurückkehren wollte. Er hasste das Schicksal, er hasste jede Fügung, wollte seinen Körper belasten, aus eigener Kraft sich bewegen, endlich wieder Grundbedürfnisse fühlen und sie auskosten.

F., eine Quellenhascher.

14.7.1984 Samstag

Charakter sind die über einen bestimmten Zeitraum geleisteten Fehltritte.

16.8.1984 Donnerstag

Wer Frieden meint, will den totalen Atomkrieg.
Trivial, aber wahr.

22.8.1984 Mittwoch

Die Sparsamkeit

Die Welt, der Raum, alles was wir kennen oder glauben ist Wahnsinn, völlig irreal, eine Scheinwelt mit Milliarden von Gegensätzen und Konflikten, von denen einem übel wird.
Vielleicht glaube ich, weil ich reich bin, dass es nicht einmal den Tod gibt oder egal ist; was.
Kann sein, dass ich das nur denke, weil ich das Papier dazu kaufen konnte und mir der Gedanke kommt meine materiellen Lebensumstände ausnutzen zu müssen, um an mehr Spaß zu kommen.
Vielleicht nehme ich das Dasein erst ernst, wenn nichts mehr zu essen vorhanden sein wird.

<u>31.12.1984</u> Montag

Es bestehen Punkte in der Existenz des mans, an diesen jener das Leben eines anderen lebt und nachher, sind Dinge erst einmal vollbracht, diese wieder zurückgekehrt, bereut. Einzig und allein, weil man für einen Augenblick nicht den passenden Gedanken hervorbringt, geschehen die schönsten Skolopender.

<u>12.1.1985</u> Samstag

Sind die Male zählbar, die Jesus von seinen Eltern geschlagen wurde ?

<u>2.4.1985</u> Dienstag

Der Körper prägt das Weltbild.

<u>5.4.1985</u> Freitag

Eine Folge menschlichen Lebens ist die Aneignung von keinen bis massenhaft auftretenden Grunderkenntnissen, die einem das Leben zuweilen beschwerlicher auch leichter machen, man kann sie natürlich auch ins Kühlfach legen, oder warum sollen alle Menschen glücklich werden.

10.4.1985 Mittwoch

Je öfter wir wiedergeboren werden, desto mehr
Erfahrungen müssen im Gehirn gespeichert werden, desto
weniger Platz ist für neue Erfahrungen, desto weniger ist
eine Mensch fähig zu lernen und da er sich den
Erfahrungsschatz aus vergangenen Leben nicht zunutze
machen kann, weil er sich an seine vorhergehenden Leben
nicht erinnert, für umso dümmer wird er im Jetzt gehalten.

24.5.1985 Freitag

Universum

Erdenken Sie sich neue Aggregatzustände.
Lassen Sie sie schillern in Farben.

23.7.1985 Dienstag

Regen, dass sind die Leute, die gestern darüber gelacht
haben.

<u>16.8.1985</u> Freitag

Denn die Vergangenheit lebt, ebenso die Zukunft.
Ist die Gegenwart die Vergangenheit der Zukunft.
Die Zukunft die vergangene Gegenwart und die Vergangenheit.

<u>28.9.1985</u> Freitag, war doch Samstag

Manchmal glaubte man, dass die Natur zuweilen aus Flüssigkristallen bestünde, sofern man sie gegen das Licht hielte, um dann mit hoher Geschwindigkeit in den Supermarkt zu laufen.

<u>23.2.1986</u> Sonntag

An die Zukunft

Niemand weiß alles
Keiner weiß vom anderen
Wer die schönen Worte spricht
Manchmal denkt man nicht.

Dienstschluss, Deutschland

Musik säuseln Ansagerinnen,
auf der Couch da liege ich,
hinter mir dröhnen die Amphibien,
in Reihe ihre tiefen Stimmen schwingen,
im Takt,
im Trakt,
hat alles Bestand, so Werte wie,
Pferde, Rehe, Eulen,
123,
ist das nicht zum Heulen ?
alles will leben,
im Dienst wie auf der Heide,
122
komm, und gib mir deine Kreide.

Die Bundeswehr: das einzig Positive.................

Sozialstation mit angegliedertem Kinderhort + Manfred, dem wörnernden Oberförster, nationaler Verein für Trinkfreude, samt Willy, dem warnenden Wahrsager, Versuchsanstalt für angehende Medizinmänner, christlicher Trachtenverein junger Männer,..........sind die langen Unterhosen.

<u>1.10.1986</u> Mittwoch

Wenn selbst die Musen sich schon amüsieren,
dazu some Müslis musizieren,
ja, und wenn deshalb die Amöben jubilieren,
dann kann da was nicht stimmen.

<u>2.10.1986</u> Donnerstag

Komm Bob

Komm Bob
wir gehen
und lassen All Hope fahren.

<u>30.11.1986</u> Sonntag

Ein Monat ist vergangen.
Vom ersten bis zum letzten Tag.
Die Milchgelenke, honigsüße Masse
Füllte sich mit Tonnen und mit Stangen.
So was Nützliches zu wissen
Darum ist mir die Zeit nicht schad'.
Eine Hälfte hier, die andere Hälfte da.
Trank manch Getränk aus mancher Tasse.
Bis die Ruhe war der Gast, der sich wiegt in seinem Kissen.

<u>31.12.1986</u> Mittwoch

Oje, oje, s'ist schon viertel vor 0 Uhr,
voraus, die Zeilen eilen nach Zermatt,
gedreht, geschlagen keine Schnur,
und geschrieben ist kein Blatt,
die Zeit, viel zuviel sie dieses Jahr verronn,
ach, ich armer Tor, das hab' ich nun davon.

<u>28.1.1987</u> Mittwoch

Ist ein Halbkreis rund ?
Oder ist er halbsokreis ?
Um runde Sachen
Schlage einen Bogen.
Die Schale öffnet sich,
ich bin es selbst,
die Bourgeoisie.

<u>28.2.1987</u> Freitag

Was keine Seele interessierte, weil das alles ist, das ich will

„4 Augen sehen mehr als 3 ?" fragte mich der Schalterbeamte.
„ Ja, ganz einfach ja, sagte ich !" sagte er.

„ Sagen Sie, wollen wir nicht nach hinten gehen ?"
fragte er.
„ Warum gehen wir nicht nach vorn ?" fragte ich.
„ Hinten kommen wir besser voran." Meinte er.
Er öffnete den Schalter, der Glaskasten klappte auseinander und er ließ mich ein.
Die anderen Kunden blieben zurück. Unter ihnen waren Jugendliche, die sich nicht rührten und keine Miene verzogen, als ich im Schalter verschwand. Eine alte Dame, die mehrere Selbstgespräche führte bemerkte dazu :
„ Bin ich fröhlich, bin ich freundlich, bin ich traurig, bin ich stumm und mürrisch, bin ich, bin ich, ich zeig's euch mal."
Im Schalter war nicht wie ich anfangs erwartete ein herrlicher Garten mit brummelnden Hummeln und Bienen und Tieren und hier und da ein paar Menschen. Nichts von alledem bot sich mir dar.
So wurde ich geführt von der unbekannten Macht des Schalterbeamten in einen Keller, den er die Quelle eines Dinges nannte. Die Wände bestanden aus Schließfächern, die uns mit ihren kleinen Schlössern von Herzen anlachten.
Aber ich weiß nicht mehr, ob wir die Fächer öffneten und uns die Menschen darin besahen. Ich kann mich nur besinnen, wie ich tags darauf in der Bahn, umgeben von

hübschen Mädchen, über Bremsspuren nachdachte, die von
Unterhosen ausgelöst wurden und dabei sehr lachen musste.

14.3.1987 Sonnabend

Dumpf ist das Glück
und Freiheit ist ein Dämmerzustand.

28.3.1987 Sonnabend

Sometimes meine Bärte fragen mich: Wo bist du ?
Ich pflege dann zu antworten: Jungs, hier bin ich.

23.5.1987 Samstag

Briefe eines Gürtels

Die Luft ist reichlich angereichert
Der Tag perfekt abgestimmt
Die Finger zitieren Schiller
Schiller zittert

Nirgends ist der Himmel
Auf'm Bau ist alles blau
Dasselbe Licht derselben Woche jedesmal
Glühende Kohlen kühlen gut die kalte Glut

Kick me in my back
So nutzlos wie die Zeit vergeht.

30.6.1987 Dienstag

Es grummelt und rummelt
draußen vorm Fenster.
Hör' ich mein Bauch
oder ist's ein Gewitter ?

<u>24.8.1987</u> Montag

Wer durch Scheuerpulver sich nicht beirren lässt, dem muss klar sein, dass ein Einfallswinkel gleich dem Ausfallswinkel in den Hintern tritt.
Wer aus dem Fenster schaut hat mehr vom Leben.

<u>10.11.1987</u> Dienstag

Ich will nen Känguruh als Großpapa
Und nen Nerz als Schwiegerma.
Im Herbst, wenn das Laub ermattet liegenbleibt,
weil die Kraft zum Aufstehen nicht mehr reicht,
dann soll Frühling sein.
Frühlingsrolle,
halt, nen Nein !
Dann sollen wilde Siebe aus den Wipfeln stürzen,
denn wir Sklaven rütteln an den Stämmen um die Wette,
Kronen aufzusetzen uns.
Freude, oh ihr Schneeflocken,
fühlt euch wie Zucker im Caffee.
Tauchen wir die Sonne heute wieder unter.

<u>13.1.1988</u> Mittwoch

Placido Domingo, der weltbekannte Tenor, blieb im Anschluss an eine Tournee bei seinen Verwandten in Kitzbühl. Dort wurde er stationär in einer Besenkammer aufbewahrt, bis sich herausstellte, dass der Denver-Clan plante ein domestiziertes Hausschwein zu ehelichen, welches auf den Namen Irene hörte, jedoch nicht bereit war, das abgebrochene Sportstudium an der Uni in Ost-Berlin wieder aufzunehmen.

<u>14.1.1988</u> Donnerstag

Das Sonderangebot

Wenn zur Sommerszeit auch mal die Sonne scheint
Und im Winter, wenn es kalt ist, auch mal wieder schneit
Dann sagt das Gewissen
Zeiger werden zeigen auf die Zeichen dieser Zeit
Schließlich ist es bald soweit
Die Osterhasen künden vom nahenden Heil
Eisenbahner schieben unter ihren Keil
Kein Zug mehr fährt, kein Fahrgast im Abteil
Die Schienen liegen still und rührn sich nicht
Warten auf die, die da kommt
Und mit ihnen spricht
Volk, lerne zu sehen
Wie ich erhebe meine Zehen
Der Sieg war groß, die Macht ist heilig

Mit den guten Taten war's nicht ganz so eilig
Nach und nach, Kuss um Kuss
Gelangt die Einsicht zu dem Schluss
Liebe gibt's im Überfluss.
Doch dies alles soll uns nicht verdrießen
Gern legt sich die Schwermut zu dem Wermut
Und Blumen soll man gießen.

Donnerstag

Hat es einen Sinn, die Zeit zu killen ? oder
Ist das Universum etwa gefährlich ?

Ich habe versagt.
Meine Hoffnung schwand ungleich jenen Geschöpfen, die
des Nachts meine Begleiter sind.
Das Leben verlor den Sinn, den es doch nie besaß. Aber
was ein Mensch, der hat mehrere Sinne, gleichbedeutend
mit mehreren Leben. Folglich nur ein Sinn, der
abzuschreiben war.
Sinne die gehen, kehren irgendwann zurück.
Lass die Zeit die Lücken schließen, die durch den Verlust
entstanden.
Kommt wieder der Sinn eines Tages, dann geht die Zeit und
weicht dem Raum. Sie geht nicht langsam, nein, mit einem
Paukenschlag ist sie Geschichte. Sie verfliegt ganz einfach,
mit einem Überschallknall.
Es ist der Kreislauf des Daseins.
Die Sinne, die die Zeit vertreiben, die Zeit, die dabei
verfliegt und sich zu irgend jemand anderen gesellt, um
dort Wunden zu heilen oder welche zu schlagen.
Wie die Sinne sich wandeln im Laufe der Zeit,
wie die Zeit den Sinnen Flügel verleiht,
wenn Altes entsteht und Neues vergeht,
aus dem Brunnen des Seins,
schöpfte dereinst,
Johannes, der Täufer,
Dame schlägt Turm,
ich zieh den Läufer.

<u>30.5.1988</u> Montag

Dereinst da saß ich so im Eiscafé
Vor mir eine Tasse heißen Tees
Verspielt die Möwen, die vorüberschritten
Sah'n mich an und baten meinen Nachbarn
Um ein Autogramm.
Justament, wie's immer ist
Rast ein gelbes Feuerwehrauto vorbei
Der Fahrer aus dem Fenster hängt
Er ruft uns z u

<u>6.6.1988</u> Maandach

Der Sozialismus ist alt, der Computer ist neu
fast scheint es uns wie Katzenstreu
nur gen Mittag, da Sachzwänge uns das Wort abschneiden
verlangt mich oft nach linearen Streifen
vergleichbar situaler Maskenfeste
vergnügliches teuflisches Machtgeschiebe
in Walter Ulbrichts Turnerriege.

<u>29.6.1988</u> Mittwoch

Dein Gesichte sich erhellt
sobald der Augen Sonnenstrahl
auf meine Nerven trifft
die mit ihren langen Schatten um sich greifen
in das Niemandsland
das unser beider Sphären trennt
um alles was dazwischen schwebt
wird gerungen mit zarter Eleganz
versucht ein jeder zu besitzen
was doch dem anderen gehört
in diesem Felde voll von Energie
wollten selbst Gebirge schweigen.

<u>31.8.1988</u> Sasomoditag

ich hör' dich niemals lächeln
ich seh' dich niemals sprechen
ein Augenaufschlag genügt
die Stadt der Toten zu erwecken
du rufst nicht an
ich fühle es mit Schrecken.

12.9.1988 Montag

Gedanken sind Kreise
mein Herz schwimmt ganz leise
auf dem Meer voller Tränen
ich möcht's nicht erwähnen
und kann's doch nicht lassen
am Horizont
da treiben Barkassen
eine so groß wie die andere
getrieben vom Wind
gebeutelt vom Sturm
keine menschliche Stimme
kein einziger Wurm
die Kombüse ist leer
der Käpt'n von Bord
ziemlich verlassen
ist dieser Ort
so schwarz wie die Seelen der einstigen Mannschaft
brach jetzt die Nacht
über die Flotte herein
voll düsterer Ahnung
entflammte mein Herz
der Raum wurde dunkler
ein Beben kündet
vom nahenden Schmerz
wohin mit dem Leben
es steht doch nur im Weg
ewig zaudernd und zagend
nie die Wahrheit ertragend
fordert es Lügen

die alles vernebeln.
Die Karten auf den Tisch zu legen
die Sprache rauszurücken
die Maske zu lüften, das Gesicht zu entblößen
um den andern zu sehen
sich als erster bewegen
den Stolz zum Teufel zu schicken
so geht's nicht weiter
nein, hier ist Schluss

7.11.1988 Montag

Dort tut sie kund, was andere geben
den Stein des Anstoßes
den, tun immer andere heben.
doch was, so frag ich mich
liegt unter ihm
ist es vielleicht das schöne Wien ?
nein, Wien ist es ganz sicher nicht
trotz manches sehr dafür jetzt spricht
dieser Stein an dem sich so viele schon gestoßen
wie der wunderbare Zug der Winterschwäne
ist seine Bahn so ungewiss
kommt er abermals ins Rollen
nichts hält ihn auf, walzt alles nieder
bis eines Tages
mehr zufällig denn absichtlich
sein Lauf durchkreuzt wird
von einer Gruppe alter Li(e)der
die seit vielen Jahren reisen
auf der Suche nach dem Stein der Weisen.

<u>13.12.1988</u> Dienstag

Das Kitzeln des Killerinstinktes
blutarme Leere im Großhirn
das Kleinkaliber im Anschlag
Mordverträge, das weiß jeder,
bedürfen der Schriftform nicht
bei ihnen gilt der Brauch des Handschlags
wie in alter Vorzeit unseren Urahnen
auch ohne Vertrag der Schädel gespalten wurde.
Zum Glück existieren noch Bereiche in unserer
technisierten Welt, wo noch echte Handarbeit gefragt ist.
Der Frohsinn ist ein junges Tier.

<u>10.12.1988</u> Samstag

Ich hatte Urlaub. Hielt mein Pferd an einer verlassenen
Berghütte. Ich klopfte, man öffnete mir, so trat ich ein.
Mein Partner legte die mitgebrachte Michael J. Cassette ein
und der Raum begann zu leben. Ich war der letzte, die
Gästeliste war lang gewesen, aber niemand ließ es sich
nehmen zu erscheinen.
Zwischen all dem Lärm der sich nun auftat, konnte ich
deutlich die Stille vernehmen wie sie sich um die Hütte
ausbreitete und alles Lebendige ermahnte, ruhig abzuwarten
was geschehen musste.
Es war die Finsternis, die zuerst hereinbrach, über die
Maßen beladen mit düsteren Vorahnungen, wie überhaupt
von jeher sie einen dunklen Charakter besaß.

Unsere Gastgeberin blies rasch die Kerzen aus.

Ich bekam Angst und biss mir ins Ohrläppchen, zu spät, die Tür war verriegelt, Fenster gab's keine.

Eine Flucht war unmöglich. Ich konnte es fühlen, man schaute mich an. War es wegen der Badekappe, die ich damals so gerne trug ?

Ich war der zwölfte, der zwölfte verriet sie. Heute weiß ich, es war ein Fehler mir zu vertrauen.

Ein Schaudern befällt mich, wenn ich nur daran denk',
als Gefahr für die Ordnung wurden alle gehenkt.

<u>17.1.1989</u> Dienstag

Alle Pelikane trugen getönte Brillen. An ihren Zehen trugen
sie Brillanten von allerschönster Leuchtkraft.
Ihr Gefieder, das sie nun schon über Jahre trugen, hatte
nach wie vor die Spannkraft einer frischen Dauerwelle.
Ihr graziler Hüftschwung verzauberte die anderen Vögel so
sehr, dass die Spatzen beim Anblick ihrer begannen,
Purzelbäume zu schlagen und leise trillernde Laute von sich
zu geben.
Die Boro Boro Vögel hingegen, lehnten sich oft zu weit aus
ihren Hängematten, die sie zwischen den ältesten Palmen
gespannt hielten und stürzten laut rufend und völlig
vergessend, dass sie flugfähige Vögel waren, aus ihren
Matten und fielen mit einem dumpfen Begleitton auf den
sandigen Boden. Womit sie zwar für kurze Zeit die
Aufmerksamkeit der Pelikane auf sich lenken konnten,
diese den Boro Boros aber weiter keine Beachtung
schenkten.
Womit auch für diese das Thema erledigt war.

<u>25.2.1989</u> Samstag

Zynismus ist ein junges Mädchen, mit Stöckelschuhen, das
versucht eine Abraumhalde für sich zu gewinnen.

<u>7.3.1989</u> Dienstag

Fahren Sie fort, bitte ! und das war erst der Anfang !

Die Bilder die Ricardo jetzt begann, mittels eines veralteten Diaprojektors an die Wand zu werfen, waren in meinen Augen nichts anderes als das verzweifelte Aufflackern einer seit langem zu Grunde gehenden Tradition.

Es waren Abbilder der Schulweisheiten, wie sie uns in langen Sommern und in noch längeren Wintern eingebrannt wurden, unauslöschlich so schien es in die Gefühlswelt eingriffen und sie in Bahnen kanalisierte.

Wir waren wie betäubt von der aufkeimenden Erinnerung, die die Gerüche und den Lärm der Jugendzeit freisetzte. In dieser tranceumhüllten Beweihräucherung vergangener Tage, sahen wir noch einmal den Prozess der Reifung sich vervielfältigen und ausdehnen und den Menschen anfallen wie einen Krankheitserreger, der sich auf sein schwaches Opfer stürzt, um es auszusaugen und ihm die Persönlichkeit zu nehmen.

Übrig bleibt der trostlose Haufen einer zufrieden glücklichen Menschenmasse, die nichts anderes als Unterhaltung im Sinn hat und Vermehrung als Daseinsberechtigung akzeptiert.

<u>Merke :</u>
Eine Gesellschaft für die Kreativität und Arbeit eins wird, ist die Prämisse für die unbeschwerte Auslebung des Triebhaften in der industriell geprägten Kulturlandschaft.

22.4.1989 Samstag

Ist es denn verwunderlich, im Grenzbereich menschlicher
Empfindungen, angesichts des Strudels signifikanter
Merkmale, das sich ein großer Teil der männlichen Jugend
im Taumel des Erlösungsgedankens nicht wiedererkennen
mag ? Nicht daran glaubt ohne Bildung, noch weitergehend
ohne Vorbildung nicht daran glaubt, Leistung erbringen zu
können ?

Stattdessen geben sie sich der vagen Hoffnung hin, durch
vorgetäuschte Heuchelung eines verstandesmäßigen
Überblicks, eine Vorleistung geschaffen zu haben, die
ihnen das Tor zu weitverzweigten Möglichkeiten aufstößt.
Dies ist Trug, dies ist nur eine schwacher Schein und Trost
und führt in eine Sackgasse und die Umkehr zu wagen, die
Einsicht den falschen Weg beschritten zu haben, kommt
sehr früh. Doch sein wir uns im klaren darüber, die
Konsequenz hieraus wird in neun von zehn Fällen nicht
gezogen. Stattdessen geben wir uns damit zufrieden, ein
bisschen an der Mauer zu kratzen und zu klagen, die uns
den Weg versperrt und hoffen vielleicht, dass ein Stärkerer
sie für uns eines Tages einreißt.

Dieses wird nicht geschehen.

Ein Menschenleben reicht nicht aus, auch nur eine
Konvention für andere zu ändern, jeder muss es für sich
tun. Der Glaube versetzt keine Berge, aber er bringt uns
zum Lachen.

27.5.1989 Samstag

Es ist doch immer dasselbe; nur der Wahnsinn bewahrt uns vor dem Verzweifeln.

Fragen wir uns :
Was passiert, wenn unser Bemühen von dauernder Erfolglosigkeit immer wieder in Frage gestellt wird ?
Die Selbstzweifel, die jeder Mensch in sich trägt, aber durch Willen, Kraft, sie beiseite schiebt, wachsen in gleichem Maße in der die Hoffnung schwindet.
Ein Gefühl kommt auf, das uns den Glauben an den Wert des Ichs nimmt. Das Zweifeln wird stärker und mündet in ein selbstzerstörerisches Grübeln, das uns die letzte Kraft raubt, die Augen zu heben, um vielleicht doch noch den berühmten Hoffnungsschimmer zu erblicken, den Silberstreif am Horizont, der uns so verführerisch lockt, an guten Tagen.
Haben wir uns dann aufgegeben, vor dem Nichts stehend, nichts sehend für das es sich lohnen würde den kleinen Finger zu rühren, vielleicht begreifen wir dann, dass es Einbildung ist jemals für unser Tun eine Ent- oder Belohnung erhalten zu haben. Denn was wir bisher taten, geben wir es ruhig zu, war ca. 85 % ig unproduktiv. Hätten wir es nicht getan, niemandem wäre es aufgefallen.
Um nicht an der Sinnlosigkeit unseres Daseins zu zweifeln, hat unser unausgelastetes Gehirn, das immer nach Arbeit und Beschäftigung schreit, den Wahnsinn gesetzt.
Das Irresein ist gleichbedeutend mit 100 % iger Unproduktivität, weder leistet es etwas, noch führt es zu nichts. Es ist einfach da und lacht grundlos in eine hohle Kokosnuss. Wo ist mein Sonnenöl ?

Die großen Füße liegen auf der großen Veranda und tun nichts. Sie sind wie kleine Kinder, die müde sind vom aufgebrachten Herumtoben mit ihren schon älteren Kampfgenossen.

Sie brauchen Ruhe und Entspannung, eine kurze Weile zum Verschnaufen. Erholung von den Zerwürfnissen der Seele, die sie tragen sollen. Sie hat jetzt Zeit, sich den Erfordernissen ihres Physikstudiums zu widmen. Aus diesem Grunde sehen wir sie auf der Veranda. Ihren Gefühlen und der Macht ihrer Hände schutzlos preisgegeben, liegt das Standardwerk der Avantgardephysiker und Vordenker einer vergangenen Periode vor ihr, deren Lehrsätze bis heute unvergessen sind und in großen roten Feldern als Merksätze auffällig platziert wurden, um eine schnelles Erfassen des Kerngedankens zu erleichtern. Gerade beobachten wir, wie sie bemüht ist ein Leitmotiv terzanischer Physikforschung auswendig zu beherrschen, nämlich :

„Es gibt keinen Raum; Materie gibt's auch nicht, deshalb ist Raumfahrt nicht möglich."

Nur sehr schwer und zögernd finden diese Satzaussagen Eingang in ihr tiefes Wesen, denn niemand besitzt den Schlüssel zum Erfolg, um ihr das Tor zur Wahrheit aufzuschließen.

In solchen Momenten erinnert sie sich gern an ein Wort in der Bibel, welches ihr Mut und Kraft zurückgibt, wann immer sie es sich vor Augen hält :

„Die Letzten werden die Ersten sein, die die Hunde beißen."

<u>3.5.1989</u> Mittwoch

It ain't nicht gut

Das Schicksal treibt uns in einen schicken Saal, wo wir dann unsere Schicksalsgöttin kennenlernen, und sie mit ins Verderben reißen. Hinterher sagen wir dann selbst mehr verwirrt als benommen, das haben wir nicht gewollt, das hättest Du doch wissen müssen.

Der Jammer ist unbeschreiblich, wir sitzen mit 4 Mäulern in einer Einzimmerwohnung, die alle gestopft werden wollen und wir wissen schon längst nicht mehr womit.

Vor Kummer und Sorgen sind uns dann die Haare ausgefallen, wenigstens, so sagen wir uns, können sie uns die nicht mehr vom Kopf fressen, mit einem Lächeln. Geht alles leichter, sagte man uns, aber im Bauch da rumpelts gewaltig und die Nachbarn rufen besorgt an, ob dies Donnergrollen am Horizont sei, und sie die Wäsche hereinnehmen sollen.

Wir werden zur Antwort geben : wir wüssten es nicht, nein.

Glücklich, denken wir, wir wären, besäßen wir noch genügend Kleidungsstücke zum waschen, aber die Maschine würde nicht voll und so lassen wir es bleiben.

Es gibt nichts was Tassen im Schrank erschüttern könnte. Wir haben alle die Rolle eines Malers aus „Peer Gynt" übernommen, der nichts anderes erstrebt, seinem Leben die Farbe des Lebens zurückzugeben.

Der goldene Schein kriegerischer Stammesriten verleitet uns oft zu der fälschlichen Annahme eines Postluftschnellpaketes, dass das gar nicht für uns bestimmt ist, will uns im ersten Moment überhaupt nicht schmecken. Schließlich sagt die Stimme im großen See unseres Herzens, dass wir uns mit diesem Umstand abzufinden haben. Wir sehen uns außerstande dieses zu akzeptieren, deshalb verlangen wir vor Herausgabe des Paketes an den rechtmäßigen Empfänger eine Abfindung, welcher dieser bereit ist in Form einer einmaligen Gratifikation zu gewähren.

Schablonenhaftes Denken, behaftet mit einer Portion Intoleranz und einem Spritzer Schlagsahne, führte mich zu einer unliebsamen Begegnung mit einem Schlagwerkzeug der autonomen Polizei, die einen bleibenden Eindruck am Hinterkopf zurückließ.

Ich fühle mich jetzt, als griffe ich in einen leeren Rucksack.

<u>20.6.1989</u> Dienstag

Was ist das bloß für eine ... ?

Kommste von de Schicht aus der Denkfabrik, haste 8 Stunden Kugelschreibermittelstücke geformt und gedacht.

Draußen heizt der Tag den Städten ein. Deine Haut klebt an der Kleidung, während ich unruhig versuche Schlaf zu finden. In den Ohren noch das Dröhnen der Motoren, in der Schule nebenan haben sie jetzt Pause.

Das Denken geht immer weiter, schon hat es wieder 2 Wochen Vorsprung vor der Gegenwart und droht sich zu verlaufen. Ständig trifft es auf Ideen, die ihm den falschen Weg weisen, nicht aus Absicht, sondern weil sie so besoffen sind. Aber die Denke ist misstrauisch und scheu seit Anbeginn der Reise. Nichts kann sie verleiten, von ihrem Forschen nach dem rechten Weg zum Ursprung abzulassen.

Mächtige Versuchungen treten an sie heran, es lockt die Unvernunft mit großen Risiken bei kleinen Gewinnen, dass die Selbstdisziplin so gern schwach werden möchte.

<u>2.7.1989</u> Sonntag

Baby, 5 Sekunden sind eine lange Zeit zwischen 2 Drinks

Ich bin einsam.
Ich kann nichts.
Ich will alles.
Ist das Egoismus oder Verzweiflung ?
Doch es gibt eine Lösung. Wer verzweifelt muss mehr trinken oder schlafen.

Mein Grundsatz lautet : der Mensch braucht keinen Schlaf.
Muss man glücklich sein, wenn man das tut, was man für richtig hält ?

<u>5.8.1989</u> Sonntag

Ich glaube alles zu wissen,
weiß aber das dem nicht so ist.

13.8.1989 Sonntag

und morgen kommt die Möbelträgerin oder ich kau so vor
mich hin und denk mir nichts dabei.
Ich halte Muschel an mein Ohr. Südseepalmen wiegen sich
im Mistral. Ein Gaucho singt ein trauriges Lied auf seiner
Guitarre, das von einem fernen Heimatland erzählt. Leise
klingt die Musik aus, endet abrupt mit „und Gerd Müller
schießt ein Tor !" woraufhin ich entsetzt die Muschel
anstarre.

3.11.1989

Wenn du nach Regensburg kommst, schau dich nicht nach
Trotzkisten um.

Monumentale Reiterstandbilder sagen mir überhaupt
nichts !
(ein Realschulabgänger auf der Jahreshauptversammlung
der Volkswagen AG).

Keine 10 Pferde könnten mich dazu bewegen hier mit
einem Aktenkoffer durchzulatschen
(Helmut Schmidt, belauscht auf einem Philologenkongress)

Jetzt weiß ich was ich mache. Ich lasse das Raumschiff
einfach links liegen. Gar nicht beachten, als wäre es nie
gelandet. Es ist wie, vergiss einfach was gestern war,
vergiss dein Leben, vergiss den Kaffee, den du gerade
getrunken hast.

64

23.12.1989

Herr Müller war bei uns in der Faltschachtel-Entkontrolle eingesetzt. Er war damit beauftragt, die frisch produzierten Schachteln zu entkontrollieren. Sollten sich Enten in den Faltschachtel aufhalten, war es Herrn Müllers vornehmste Aufgabe, diese einer sofortigen Entfernung zu unterziehen. Es oblag ihm dabei, AEG (AntiEntenGas) einzusetzen.

Seiner anfänglichen Begeisterung für dieses kompromisslose Reizgas, wich nach geraumer Zeit einer sich äußerlich immer merklicheren Abneigung gegenüber unserer Laufkundschaft, die zu einer erheblichen Anzahl aus pensionierten Orthopäden besteht.

1.1.1990

Die Engel verlassen die Hölle. Der Reiseleiter ruft zum Aufbruch. Alle drängen in den Bus und jeder will der erste sein und neben dem Fahrer sitzen. Gabriel ist wieder einmal der letzte und kann gerade noch in den Bus springen, bevor dieser abfährt. Wie üblich klemmt er sich den linken Flügel in der Hydraulik-Tür und M.M., die als Buslenkerin auf dieser Strecke eingesetzt ist, muss das Fahrzeug zum stehen bringen, um die Tür per Hand zu öffnen, was jedesmal ein gellendes Pfeifkonzert der anderen Engel hervorruft, die eine zügige Heimfahrt wünschen.

Versprach die Werbung doch nichts Gutes für unsere Helden, die die halbe Welt bereisten, um den Teppich hochzureißen, um beim Skatspiel hoch zu reizen, um im Winter nicht zu heizen.

Der Pfarrer wollte das Brautpaar nicht trauen.
Den Pfarrer wollte das Brautpaar nicht trauen.
Dem Pfarrer wollte das Brautpaar nicht trauen.
Der Pfarrer wollte dem Brautpaar nicht trauen.

<u>3.3.1990</u>

Es wird nichts so heiß gekotzt, wie es gegessen wurde.

9.3.1990

Den Berg Rauf, den Abhang rauf, auf dem Berg da ist der Abhang drauf.

Also hinan es geht ins steile Berggestein, welches kahl und kalt sich an die Felsen krallt.

Ein kühles Bächlein stürzt kühn sich in die Tiefe.

Dieser Wagemut wird sicherlich belohnt.

Und weiter geht's, vor uns liegt der Durchstieg zum Grünen Gimpel.

Kaspar (verständnislos) : da steig ich nicht durch.

Hund : wir erklärens dir gleich.

Susanne : was hat der Klärens damit zu tun, ich denk der ist bei Daktari.

Der Atem wird schwach und schlecht, wir paffen erst mal eine.

16.4.1990

Grob vereinfacht sind Menschen nichts anderes als Wäscheklammern.

Wie diese, klammern wir uns an den Leitfaden unseres Daseins und halten fest an vertrockneten Traditionen.

9.5.1990

Die bunten Blütenträume der Apothekerin stoßen auf Unverständnis. Der Installateur schüttelt murmelnd den Schweiß von der Stirn und lässt die Kneifzange noch einmal kraftvoll zubeißen.

Ins rechte Licht gerückt, besehen sich beide das Tagwerk ist vollbracht.

Zufrieden lachend verlässt er den Ort des Geschehens, um später am Abend mit seinen Freundinnen auf der schiefen Bahn zu kegeln.

Betrübte Wolken ziehen über den Blütenhimmel, bleich ist die Apothekerin geworden, als sie ihr Haar im Spiegel betrachtet. Da bin sie nun. Bis dato hoffnungsschwanger vibrierte die Luft in ihren Lungen. Leicht war ihre Laune gewesen. Die Klopfzeichen in ihrem Herzen erregten und verwirrten sie gleichermaßen. Herr Dipol, ihr Nachbar, gestört von den Klopfgeräuschen pochte an die Haustüre. Zu reden mit der Frau mit der er die Wand teilte, zugegeben nicht aus freien Stücken.

Die inzwischen in Ohnmacht gefallene, öffnete.

Ihr entgegen stürzte eine Springflut augiastischer Verwünschungen, die die Besinnungslose immer tiefer in den Strudel der Selbstzweifel sog. Mit dem letzten Lebensfunken schrie sie :

„So ein Quatsch !" und knallte die Tür zu. Verduzt schaute sich Herr Dipol um.

Hatte er nicht eben noch ein Bügeleisen in der Hand ? Und richtig, da strömte auch schon dicker Qualm aus seiner Wohnung. Wie auf Bestellung fing das Telefon zu schellen an. Sich durch beißenden Rauch kämpfend, drang er bis ins

Wohnzimmer vor und hob ab : „Dipol", eine Frauenstimme meldete sich. Herr Dipol : „Hören Sie, ich habe jetzt wirklich keine Zeit, bei mir brennt es nämlich gerade und ich wäre Ihnen dankbar, wenn Sie jetzt auflegen würden, damit ich den Siemens-Kundendienst benachrichtigen kann. Die Überhitzungsautomatik meines Bügelgerätes hat versagt und ein Loch in meine Lieblingssocke gebrannt."
Derweil hat die Küche den Kampf mit dem Feuer verloren und die Flammen greifen auf das Wohnzimmer über. Beunruhigt über die zunehmende Hitze in seiner näheren Umgebung, legt er den Hörer sorgfältig beiseite und öffnet ein Fenster, um sich etwas frische Luft zu verschaffen.
Noch immer etwas außer sich über die indiskutable Leistung seines erst vor 2 Jahren erworbenen Bügeleisens.

16.5.1990

Der Frühlingsrausch
die welken Blätter
die betrunkenen Seeleute und ihre Retter
auf dem Wege nach Moskau

Ich schwinge mir die Windeln auf die Schultern. Ein etwas zu kalter Wind fährt mir durch den leichten Überwurf. Hinter dem in grün gehaltenen Waggon versucht eine umfangreiche Gestalt weiblichen Geschlechts sich die Turnschuhe zuzubinden. Es gelingt ihr schließlich den Knoten ihrer Wahl zu vollenden und stößt mit sichtlichem Genuss einen Seufzer der Erleichterung aus.

Ich verfolge sie eine Weile mit den Augen.

Was mir auffiel war, dass sie ein viel zu schönes Collier für diese rauhe Umgebung trug und ihre ganze Art sich zu bewegen, nicht der eines Tramps zu entsprechen schien. Schon wollte ich mich abwenden, um meinen Weg fortzusetzen, da hielt ich inne. Etwas zog meinen Blick zurück zu dieser Frau und ich konnte gerade noch beobachten, wie sie auf die Bahnstation zulief, ihre Handtasche wie eine Steinschleuder schwingend und immer wieder : „der Zug, der Zug zum Zug" rief.

Mit letzter Kraft erreichte sie den anrollenden Schnellzug nach Wuppertal und entschwand meinem Sichtfeld in kürzester Zeit. Da fiel mir ein, indem ich auf die Datumsanzeige meiner Uhr schaute, dass ich bereits 2 Tage zu spät für mein Rendezvous in München war.

Ob sie wohl noch warten würde ?

Aug. 1990

Mit hartem Griff umklammert die alte Frau den Schweißbrenner, um den Feuerstrahl gegen den Angreifer zu richten.

13.1.1991

Für mich sehen alle Arschlöcher gleich aus.

30.4.1991

Zwei Tanten auf Talfahrt

Mit der Straßenbahn ins Gebirge. Auf schiefer Ebene rollt sie über das Schiefergestein.
An geeigneten Stellen hält sie an, um den Passagieren Gelegenheit zum Blumenpflücken zu geben. Diejenigen, die schon einen Strauß gesammelt haben, vertreiben sich die Zeit bei einem Bier an der Bar, die im hinteren Teil des Waggons untergebracht ist.
Die strahlende Morgensonne beisst in das vom Morgentau benetzte erste Frühlingsgrün der Wiesen. Gegen Mittag hat sie ihren Durst gestillt und das weiche trockene Gras lockt zum Verweilen und Träumen. Das Durchschnittsalter der Reisegesellschaft beträgt 67 Jahre, wobei der älteste Fahrgast gerade 98 Lenze zählt.

An der unteren Weide erkennen wir die Straßenbahn, wie sie fröhlich den Berg hinaufzuckelt.
Trotz ihrer Last rattert sie unverzagt ihrem Ziele entgegen.

15.8.1991

Schwer ist's in diesem Leben
dessen Überfluss mich faul gemacht
zu schwach, um mich auf dem unverdient erworbenen Lorbeerblatte auszuruh'n.
Mir scheint die Zeit stillgestanden.
Rings um mich wird keinerlei Veränderung sichtbar.
Auch ich selbst, der von Ort zu Ort Rasende, trete auf der Stelle.
Nur kurz erweist sich eine Rast als produktiv.
Zu früh erlahmt die Energie.
Sie regeneriert und entlädt sich aufs Neue.
Wie ein Sprinter, der zu Fuß von Wettkampf zu Wettkampf reist.

23.8.1991

Die Geschichte des Mannes, der das Bügeln verlernte

Es war am 23.8.91 abends, ein Freitag.
Wie immer allein zu Haus. Glücklich nicht ausgehen zu müssen. Unglücklich nicht auszugehen.

Aus einer Schwermutslaune heraus, legte er ein paar Melancho-Heavy-Psychedelic-Platten auf.

Die ohnehin schräge Musik wurde noch um einiges verzerrter von seiner beschissenen Stereoanlage wiedergegeben. Welches auch nicht gerade zu einer Stimmungsverbesserung beitrug. Automatisch machte er sich daran, den Berg verschmutzter Wäsche in den Keller zu schaffen.

Dort traf er eine ihm gänzlich unbekannte Nachbarin, die mit den Waschmaschinen nicht klarkam. Wie er so dastand, das Bild von einem Mann, Pantoffeln, weiße Shorts, halboffenes lila Hemd und sich das Klagen der jungen Frau anhörte, dachte er immer nur daran, wie es wäre mit ihr im Waschkeller zwischen den Maschinen in einem Haufen Buntwäsche spasszuvögeln.

Wieder in der leeren Wohnung angelangt, suchte er zunächst nach einem Strick, um sich zu erhängen.

Bei der Suche fiel sein Blick auch auf das Bügeleisen, welches ihm von seiner Mutter zu seiner Schwesters 21. Geburtstag zum Geschenk gemacht wurde. Er erinnerte sich, nie richtig die Gebrauchsanweisung dieses nützlichen Haushaltsgehilfen studiert zu haben. Das Eisen, das mutmaßte er, könne noch viel mehr als nur seine Hemden bügeln. Es hatte so viele Knöpfe, Hebel + Schalter, deren Bedeutung es nun zu erforschen galt..

16.9.1991

Wenn die Sonne sich an kalten Wintertagen an meinem Kohleofen wärmt, die Fische ganz verfroren aus ihren Kulleraugen blicken, der Angsthase Fersengeld gibt und eine Durststrecke zurücklegen muss, um am Monatsletzten den Lohn zu empfangen.
Oft wünscht er im Kreise sich zu drehen und doch in eine Richtung nur zu schauen.

19.9.1991

Die Fische sonnen sich auf der Alm. Der Helm, den der Beamte vom Fernmeldeamt 4 trug, stammte von einem Flakoffizier der Kaiserlichen Kriegsmarine.
Warum er ihn bei der Arbeit trug, ließ sich nicht herausbekommen. Er wollte gerade mein Telefon anschließen, als am Oberlicht ein leises Klopfen zu vernehmen war. Verwundert öffnete ich die Dachluke. Es war der Schornsteinfeger. Er wollte einen Salzstreuer für die Pommes, die er soeben auf meinem Dach frittiert hatte. Ich bat das Hausmädchen in die Küche zu laufen und mir selbigen zu holen. Etwas unwillig folgte sie meiner Aufforderung, da sie doch auf den Klempnergesellen acht geben sollte, der hinter der Bar mit einer Pythonschlange rang. Ich beschloss ein wenig Abstand und Ruhe von diesem Trubel, in meiner Bibliothek zu gewinnen.

Auf dem Flur traf ich auf Elmar, einen mir flüchtig bekannten Gerichtsmediziner, der jedesmal wenn er mich sah, mein Gesicht zu einer Grimasse verzog.

25.9.1991

Sechs Siebenbürger stolzieren an steinigen Steilwänden entlang. Ein Nachmittag voller Musik und Rachegelüsten weckt das Tier in ihnen. Durch den Tiefschnee tappend, cruisen sie der nächsten Stadt entgegen. Den Rauch der Schornsteine bläst ihnen ein kühler Sommerwind ins Gesicht.

Ein beklemmender Hustenreiz keimt auf und entlädt sich in einer Senke, die noch vor Einbruch der Dunkelheit erreicht wurde.

5.10.1991

Hilflos treibt der Fluss auf den Wasserfall zu. Die Gemsen drängen ins Tal, diesem Schauspiel beizuwohnen. Das Gras ist schon an Ort und Stelle und hat sich wieder einmal die besten Plätze am Ufer sichern können.

Einige Fische jauchzen vor Wonne an diesem klaren Tag.

2.1.1992

Der Club der toten Raser.

25.1.1992

Die Schattenseiten des Sumo-Ringens.
Die Schattenseiten des Sonnensystems.

14.12.1992

Der Taxifahrer betrat die Schankwirtschaft.
Schlussendlich war der Ort erreicht, an dem die polizeiliche Untersuchung ihren Anfang nehmen sollte. Eine gründliche Untersuchung, die Dachboden und Keller nicht ausschloss und deren Ergebnis die Unschuld des Taxifahrers lückenlos beweisen konnte.
Was war geschehen ?
Etwa 42 Pistoleros, die geradewegs aus Mexico City angaloppiert kamen, setzten gegen 21.35 Uhr ihren Fuß auf die Schwelle der Siebentunnelklause. Der Wirt wollte gerade eine Runde Kola schmeißen, als ihn ein Anruf seiner Frau aus Darmstadt überraschte, dessen Inhalt eine gravierende Verschiebung der Erdachse nach sich zog.
Nach Beendigung des Gesprächs legte er betroffen den Hörer auf, worauf die Mexikaner begannen, abwechselnd und in vorher abgesprochener Art, um sich zu schießen.

In seiner 22-jährigen Berufserfahrung hatte er schon einiges erlebt, aber das Gebaren dieser Gäste deckte sich in keinster Weise mit den Verhaltensnormen des durchschnittlichen Nordeuropäers, geschweige denn Eckrentners.

Die deutschen Stammgäste verfolgten mit einer Portion Genugtuung die Reaktion des Schankwirtes, der vorübergehend seine anfängliche Zurückhaltung und die ihm innewohnende Scheu, gegenüber allem Fremdartigen aufgab und mit eindeutigen Gesten, wortreich die Pistoleros dazu aufforderte, ihre Ärsche aus seiner Kneipe zu schwingen.

Nachdem alle Munition verschossen war und auch sonst niemanden etwas Vernünftiges einfiel, was noch zu tun sei, leisteten sie dem Ansinnen Folge.

18.4.1992

Viele Menschen leiden an innerer Verspanntheit.
Sie leben mit Tempo 100 im 2.Gang auf der Überholspur.

26.4.1992

Wann wird Gott, dem Herrn, endlich der Nobelpreis für die Erschaffung des Universums verliehen?

10.6.1992

Träge betrachte ich die Spiegelung meines linken Knies im Fenster des Backofens. Lecker, dachte ich.
So ein kräftiges Frühstück würde jetzt gut tun.
Spiegeleier, Bratkartoffel, Senf auf Toast.
Die Tür des Kühlschranks öffnete ich mit einer Hand, suchend, forschend, maß ich seinen Inhalt.
Meine Wünsche erfüllten sich nicht.
Niedergeschlagen schloss ich dieses Kapitel meines Lebens.

30.9.1992

Ein Gedicht
Das Auf das Ab
Das rhythmische Wiegen
Das Blatt
Das Grüne
Das fressen die Ziegen.

30.9.1992

Keine Melancholie, keine Schwermut
no deep feelings
keine Freude
und kein Leid
das ist die Zukunft
die Wirklichkeit.

8.10.1992

Wäre ich katholisch und müsste beichten,
wären es nur meine Unterlassungssünden.
Andere habe ich nicht.

27.10.1992

Das glühende Gebiss. Ob sich wohl 2 Atome des gleichen
Elements voneinander unterscheiden ?

4.12.1992

Der Moment in dem ich stutzig wurde.
Es begann und endete wie alles im Leben, nämlich gar
nicht.

28.1.1993

Pünktlich zu Urlaubsbeginn meldete sich meine Diarrhöe.
Und blieb.
4 Wochen Skiferien in Val d'Ysere. Meine Ski ließ ich
gleich auf dem Dachgepäckträger.
Die sogenannten Freunde tummelten sich ausgelassen auf
den Pisten, während ich alleingelassen und daheimgelassen
meinen Diättee trank.
Im abgedunkelten Hotelzimmer schaute ich mir bei
Neonlicht die Gameshows im Regionalprogramm an.
4 Wochen in der Ewigkeit.

16.2.1993

Die lehmige Erde im Profil des Reifens meines Fahrrades,
soll das Thema dieser Erzählung sein.
Die Dramatik dieses Werkes gründet sich auf die Idee des
Liebhabers meiner Frau.

Dieser fasste den Vorsatz, einen multinationalen Trust zu errichten, mit der Zielsetzung, das Welt-Wirtschaftssystem einer grundlegenden Reform zu unterziehen.

Mir gefiel diese Idee und obwohl schon etwas müde, willigte ich ein, stellvertretender Vorstandsvorsitzender zu werden. Da ich keine höhere Schulbildung vorweisen konnte, sollten meine Leistungen nie wirklich von meinen Vorstandskollegen anerkannt werden.

Diese Erkenntnis kam mir schon am darauffolgenden Tag und ich bat den Liebhaber meiner Frau, mich aus dem Vertrag zu entlassen. Nach einer kurzen Debatte, in der ich ihm meinen Standpunkt darlegte, gab er meinen Bedenken nach und versicherte, mir nichts nachtragen zu wollen.

Wir verabschiedeten uns und ich verließ sein Anwesen mit großer Erleichterung. Nur wenige Minuten später, geriet ich auf dem Nachhauseweg in eine Baustelle. Der tagelange Regen hatte den Straßenuntergrund solcherart aufgeweicht, dass ein Vorwärtskommen auf dem Rad unmöglich wurde.

Ich stieg also ab, und so kam das mit dem Lehm.

<u>18.3.1993</u>

Woran ich glaube :

1. Die Welt geht im Jahre 2000 unter (habe ich irgendwo gelesen)
2. Ich gehöre zu der Gruppe der Stoiker, wäre aber lieber Hedonist
3. Eines Tages Co-Autor eines Pommes-Führers zu sein
4. Es zu nichts zu bringen
5. Außer für Öffnungszeiten, mich für nichts zu interessieren.

<u>21.3.1993</u>

So gut wie eh und je, bin ich schon lange.

<u>28.3.1993</u>

Es gibt nichts Interessantes auf dieser Welt, oder sonstwo.
Man kann sich zwar für vieles interessieren, dies aus freien Stücken zu tun, ist jedoch ein Trugschluss.
Weder das Diesseits noch das Jenseits haben einen Sinn.
Wenn nicht ich das Universum erschaffen habe, sondern jemand anderes mit mehr Wissen und Macht, bitte schön !
Warum sollte ich jemanden verehren, der mehr Fähigkeiten besitzt als ich ?
Auch wenn er mich erschaffen hat, so doch nur aus Mangel an wirklich guten Ideen.

3.6.1993

Die Frau, die den 3. Weltkrieg auslöst heißt :
Silvia Bergmann

6.10.1993

In der Hitze der Kartoffel, manifestiert sich der Glaube an
die Kraft des Saatguts.

Koreanderblüte, Du Verordnung über den Betrieb von
Kraftfahrunternehmen im Personenverkehr
so wahr
wie Du vor mir
das Alphabet beherrschtest
so war es

7.10.1993

Wellenbewegte Stimmungen, gleichmäßige Atmung passt
sich der Landschaft an.
In vielerlei Hinsicht klopft es an meiner Tür.
Symbolhafte Beschickung des Unausbleiblichen.
Ein neuer Superheld war geboren. In seiner Wiege fand
sich ein glückliches Kind an einer Spargelstange kauernd.
Die Kräftige.

12.1.1994

Reibekuchen finden sexuelle Bestätigung durch den Austausch essentieller Fettsäuren.

Lächle, wenn Dir danach zumute ist.

Nägelkauen, ein Vergnügen der Superlative.

Ein großes Dunkles kommt auf mich zu, es trägt Lackstiefel. Es ist ein Holsten-Pilsener.

Sadistische Peitschpraktiken in der Küche, geraten außer Kontrolle, stürzen ab.

Zufällige Straßenbeleuchtung macht mich aufmerksam auf die Geschehnisse in meinem Dunstkreis mit Roland Snackers und Käse. Statussymbole wie Ziegendung oder Matsch, ein Stasiapparat, sagte ich ihr mit gewichtiger Miene ins Ohr, seien für mich nicht von Bedeutung.

Gemeinhin wird angenommen ich sei das Sinnbild einer materialistischen Grundhaltung, bloß weil ich mir einen Kühlschrank auf die Brust tätowieren ließ.

Zugegeben, es ist ein „Bosch".

Jugendsünden.

10.2.1994

Hilf Dir selbst zu einem Bier
Schmarotzender Engel in hautenger Tracht
Es ist halb acht, grad aufgewacht
Den Schlaf in den Augen stehst Du am Bahnsteig
Du kannst es kaum glauben, wie kamst Du hierher
Warst Du nicht gestern an diesem Ort voller Schmerzen
und Sehnsucht
In einem fort
Angstvolle Sehnsucht
Ja, es ist Sucht
Nach masochistischen Zügen.

11.2.1994

Deutsche im Jenseits.
Austauschprogramm für Koalabären.

So fuhr, so fuhr, so fuhr, so fuhr
Waggons in Reihe
Bank an Bank an Bank an Bank an Bank an
Für eine halbe Stunde das Schicksal mit dir teilend
Kaum zehn Meter getrennt von dir leide ich schmachtvolle
Sehnsucht
Wie viele andere
Und weiß nicht wieviele andere.

11.2.1994

Das ist das Einmal Eins der Zwerge

Schweißnasse Tragetaschen, samtweiche gebräunte Haut.
So erfuhr ich von Dir.
Predigen half nichts,
Hoffnung wich raumgreifend der Mutlosigkeit

12.4.1994

Sie ist 25
und hat Zahnbelag
dicken gelben Zahnbelag
Ihr langes flachsblondes Haar wölbt sich im Wind
Spielerisch streiche ich über ihre Plüschtiersammlung
Sie packt mich am Schritt und führt mich in die Küche,
wo ich eine haschiertes Fasanen-Konsomee zubereiten soll
Meine Eier schmerzen
Ich träume vom Alleinsein, jetzt.

17.2.1994

Ich bin so verliebt in den nächsten 45 Minuten, in Dich.
Wertlos für einen Augenblick des Glücks.
Im Taumel stürzen wir von einem dänischen Hochhaus ins nächste. Wie verzaubert schaue ich in Deine blauen Umhängetaschen. Sie sind voller grüner Banknoten.
Gemeinsam befühlen wir ihre Oberfläche.
Danach schilderst Du mir Deine Empfindungen, eine Nacht lang.

28.2.1994

Blind Date mit einer Unbekannten.
In einer halben Stunde war's um mich geschehen.
Doch Du, Du spieltest nur mit mir.
Wir trafen uns auf dem roten Platz.
Ein fast unsichtbares Netz umgab uns. Es bot Sicherheit und war Hindernis zugleich.
Fast alle meine Versuche blieben darin hängen. Du warst stärker und gnadenlos Deine Attacken.
Niedergeschlagen räumte ich das Feld.
0:6, 0:6, Steffi, wie konntest Du nur ?

16.3.1994

Junger Schleim macht Karriere. Will nach oben, ganz oben.
Zügig kommt er voran. Die Kriechspur ist frei.
Überholen törnt an.
Leben nach eigenen Gesetzen, wer sie nicht kennt wird
bedauert.

12.4.1994

Tätowierte Herzen träumten im Schlaf von selben Dingen.
Ich hielt Deine Hand, beim Bergwandern fest.
Auf dem Gipfel der Sehnsucht ließt Du mich los.
Ein Steinchen im Schuh, ließ mir keine Ruh. Du sahst einen
anderen am Gipfelkreuz lehnen, während ich das Steinchen
entfernte, verliebtest Du Dich schlagartig in ihn.
Ein Gewitter zog auf. Ich dankte dem Fremden, der mir
sein Regenzeug lieh.
Während die beiden sich unterm Gipfelkreuz liebten, baute
ich schon mal das Zelt auf.
Nachdem ich den Kühlschrank an die mitgebrachte
Autobatterie angeschlossen hatte, machte ich mich an die
Zubereitung des Abendbrotes. Glücklicherweise habe ich
immer einen Campingstuhl in Reserve dabei. Heftiges
Donnergrollen ließ den Klapptisch erzittern. Das laute
Stöhnen der beiden verriet, dass noch genug Zeit sei, um
ein einfaches Hors d'Oevre vorzubereiten. Der Regen
peitschte vermischt mit Hagelschauern unaufhörlich gegen
die Zeltwand. Schrillendes Alarmklingeln des Eierweckers

signalisierte das Ende der Garzeit unseres Schweinebratens. Dessen knusprig braune Schwarte, ließ mir in Vorfreude auf diesen Gaumengenuss, das Wasser im Munde zusammenlaufen. Ein letzter prüfender Blick glitt über den Servierwagen. Seine Messingspeichenräder waren kältebeschlagen. Damit werden sie sich abfinden müssen, dachte ich zu mir selbst.

Die Politur war nämlich alle.

23.7.1994

Haeaeahltii Laaachtinnen hatte Freunde, die es ablehnten, mit ihm finnische Filme anzusehen.

Diese Unprationen sprotzten eine Divergenz voll. Patrioten braut das Kamel unter senfgläserner Sonne.

Dies in etwa die Inhaltsangabe.

Nur Ablehnung, immer und immer. Als eine Tat des Zweifels schrieb man das Jahr, das diesjährige ab und begann ein neues, welches in 12 Januare eingeteilt wurde. Der Sommer sollte verbracht werden, wohin wusste noch niemand, deswegen es auch immer noch heißer wurde. Strafkolonnen walzten schwingend die Landstraße hinan ohne das Ziel. Sie tranken jeder eine Tasse Kaffee, Männlein und Weiblein gemahnten und tranken zusammen, ohne Erkenntnis zu gewinnen.

Diese allein führte sie jedoch, während man sich die Fußnägel schnitt oder Grimassen auf dem nassen Rasen vor der Kirche. Fatalerweise errechnete sich der Lotsengewinn dabei vorbei and was ich noch sagen wollte lag im Schnee.

Radgeschwind hecheln die Lastwürdenträger den Patrioten hinterher, die einen Gullideckel suchen, um den Schatz zu heben, den sie unter ihm vermuten. Bestehend aus allerlei Damenunterwäsche, Lachgas, Hexenverbrennungsanleitungen und Wandgemälden aus vorgeschichtlicher Zeit, samt Mitternachtsprozession. 20 3/4 Uhr, der Film beginnt, entscheidungsschwach beklemmt sich der Enddarm mit einem Schrei und schnallt sich die Skier um.

Genug Passagiere, die denselben Bürgersteig benutzen, lachen ihn außerhalb der Ladenschlusszeiten zu einer Versammlung der Reithosenpartei ein.

Ein paar Schwüngen sah man gleich an, dass sie gekonnt waren ujatchek und noch um so häufiger kehrten sich Gedanken in verwahrlostes Gestein, brachen an der Oberfläche flauschiger Entchen. Wulstige Lippen hatten diese Entchen, die um sie zu charakterisieren einfach waren. Lust gebiert aus Müdigkeit die Scham und die Haftigkeit von UHU. Das UHU, dass unsere Großeltern schon für mündig erklärten und welches irgendwohin geklebt am besten hielt und schmeckte.

Dies, nur ein trauriger Gesang.

7.7.1994

Volker Wandrow spielt das Eigenkapital des Genuesen. Es wird bei Hühnerbeinen und Rindfleischsuppen herzhaft gelacht. Das Eigenkapital wird durchgebracht. Es wird durchgemacht und durchgelacht.

Ein Malermeister baggert mich an, meine schöne Nachbarin lacht. Sie ist mit dem Genuesen verheiratet. Ihm gehört die halbe Stadt, außer meinem Herzen, das gehört vorübergehend den großen Augen der Unbekannten mit dem T-Shirt auf der Holzbank.

7.7.1994

Wie spreche ich eine Frau an, ohne mit ihr zu reden ? Weder reden noch zuhören törnt mich mehr an. Gemeinsam etwas unternehmen, ohne vorher oder hinterher darüber reden zu müssen. Das wär's !

Alles müsste sich per Handzeichen regeln lassen. Finde mal jemanden mit dem das möglich ist.

13.8.1994

Der Körper ist sterblich. Das Universum ist unendlich in Zeit und Raum.

Wir sind unsterblich.

Ziel ist es, das Leid zu lindern, ohne selbst den Spaß am Leben zu verlieren.

Das ist der Sinn, nichts anderes !

Wie die Belohnung dafür aussieht ist mir unklar. Noch mehr Spaß oder noch mehr Leid ?

Wer lacht, vergisst seine Sorgen. Wer zuviel lacht verhungert.

Trotzdem, jeder Lacher macht das Universum schöner.

27.8.1994

Sie faselte irgend etwas von einem Zwergenhintern.

„Wenn Du nicht deutlicher sprichst, verstehe ich nichts."
Weiteres Faseln.

Den ganzen Abend lang. Ich verstand nichts. Kam mir dumm und mißachtet vor.

Und dann ihre vorwurfsvollen Blicke gegen mein Gesäß gerichtet. Was soll das ?

Sie rief ein paar ihrer Freundinnen an und lud sie zu einem Schlummertrunk ein.

In klarem wohlartikuliertem Deutsch.

Sie zeigte mit einem ihrer Zeigefinger (sie hat 10 Stück davon) auf mich und murmelte sehr undeutlich.

Panische Angst ergriff mich, ich glaubte wahnsinnig zu werden.

Sie trug wieder ihre bergfarbene Sommerhose und das Sportsakko von der Hong-Kong-Reise.

26.12.1994

Verschalungen sind geil. Vollverschalungen noch viel geiler. Einige Leute stehen auf Rennhutzen. Hauptsache buntes Plastik und Flachschiebervergaser mit geraden Ansaugkanälen, hochglanzpoliert, versteht sich. Auch in Tiefdruckrinnen noch fahrbar. 12 Beaufort, 30 m Wellen im Hauruckverfahren. 3 Mikron Lebensfreude unter Laborbedingungen erzeugt. Klinisch getestet.

26.12.1994

Die Nacht bricht über die Nacht herein. Alles Verborgene liegt unsichtbar versteckt im Hintergrund.
Im Vordergrund steht gar nichts, außer der Landschaft, die sich dem Auge des Betrachters nicht entzieht und verlockend auf dem Meer schaukelnd wippt. Eine nicht angebrochene Fangopackung freut sich auf ein heißes Bad und frivole Wasserspiele, Schleifspuren im Schnee künden unterdessen vom nahenden Ende der Tagträumereien.

26.3.1995

Gefängnis meiner Sinne	/führst dein Eigenleben
entwickelst einen Eigensinn	
hocherhobenen Hauptes,	
die Augen himmelwärts gerichtet	
die Existenz alles Sinnlichen verneinend	
bedeckend die Blöße der Seele	/mit der Mauer aus Eis
und es beginnt zu frieren	/ das weiche Herz
was wir für Stein halten	/ ist in Wahrheit
nur gefroren und erstarrt	
erwärmen wir es !	/ von außen wie von innen.

26.3.1995

Aschgraue Gesichter im authentischen Lichtglanz eines
Zeitraums von 10 Stunden Dauer.
Uhr 9-19 geformt von der Natur.

Meine Liebe erstreckt sich bis zum Horizont. Sie schwebt über allem und berührt niemanden.

Die Unschuld wird aus ihrer Untätigkeit ein Gegenstand der Abstraktion. Ich kann nicht aus meiner Haut und möchte so gern aus der Haut fahren, dabei bin ich so dünnhäutig. Alles wird hereingelassen, aber nichts wieder heraus. Nahe an alles herankommen, nicht experimentell sondern real und faktisch.

Der Beobachter darf das Objekt beeinflussen.

Gut gekleidet laufen wir einander davon, so scheint es mir jedenfalls.

Auch hier ist es wieder die Angst, die Ungewissheit der Situationsanalyse der anderen.

Würde ein Gespräch klären oder alles komplizieren ? Welchen Standpunkt sollte ich darlegen, ich habe doch keinen. Ich schwimme und will mich dafür auch noch entschuldigen.

Bin ich denn an allem schuld ? Ist überhaupt jemand an etwas schuld ?

Wenn jemand schuldig ist, dann doch wohl Gott.

Vielleicht ist es das, was uns Jesus sagen wollte mit seinem Tod und seiner Wiederauferstehung :

es gibt Hoffnung, das Leben geht weiter.

9.4.1995

Vielleicht ist es so : Dieses Leben ist die einzige Chance unser Schicksal in die eigene Hand zu nehmen. Ansonsten gibt es nur Belohnung und Sanktion und beides ist eine Strafe, da sie fremdbestimmt auf uns einwirkt, ohne uns die Möglichkeit zu geben, auf sie zu reagieren.

16.11.1995

Ein Blatt, das sich verfärbt
heißt Herbst
aus Blättern macht man Laub
wie der Schmerz, der mich bestärkt
im Glauben an mein Werk
im Werk wird gearbeitet und gewirkt
es wird geschaffen und bewirkt
man bekommt einen Eindruck
einen anderen Ausdruck

20.12.1995

Jahresendrückblicksironie

Mir ist es erst jetzt klargeworden, dass ich der glücklichste Mensch auf Erden bin. Und das seit einem 3/4 Jahr schon und ich hab' das erst jetzt gemerkt und das kam so :
Alle Philosophen und religiösen Führer bis zurück in die Antike haben nach einem Ansatz gesucht, sich vom Leid zu befreien. Entweder durch völlige Besitzlosigkeit, durch materiellen Überfluss, durch eine Synthese aus beiden oder durch die Hinwendung zu Gott und seine vermeintlichen Gebote. Meinen Weg zu einem „unbeschwerten" Leben will ich nicht schildern, sondern nur meinen gegenwärtigen Zustand : volleingerichtete, vollfunktionsfähige Einzimmerwohnung, geregelte Arbeit, ausreichende Einkünfte, gute Gesundheit, ledig, keine Freunde, keine Kinder, keine Tiere, keine Frau, verantwortlich nur für mich selbst, keine Ziele, keine Hoffnung auf eine bessere Zukunft.
Ich kann mir nicht vorstellen, wie es noch besser sein könnte, also bin ich der zufriedenste Mensch auf Welt.
So stelle ich mir das Paradies vor. Das absolute Nichts.
Und das habe ich schon zu Lebzeiten erreicht.

27.01.1996

Vergöttlichte Tischdeckenmotive.
Eidechsenlametta am Frühlingschristbaum.
Gewöhnungsbedürftige Schuldigkeit eines entsagungs-
reichen Tagesgerichts. Fortwährende Trugschluss-
handlungen führen strukturbedingt zur Vergreisung weiter
Teile der Labskausgemeinde. Beim Sonntagskonzert trat in
der Pause ein Darstellerduo vom Pärchen-Sex-Bringdienst
auf und machte „Es" auf dem Flügel. Nie war ich geiler.
Noch den 2. Satz hindurch hatte ich zwei erigierte
Zeigefinger.

27.1.1996

Sonnenverwöhntes Haar, so leidenschaftlich glänzt dein
Gesicht.
Gebrochenen Auges atmest du ein.
Ich höre dein Leben wie den Vollmond aufgehen, wie den
Einbruch der Nacht.
Und erschauere, deinen Bauch zu streicheln.
Jede Sekunde erscheint mir wie eine kleine Ewigkeit.
Unter nichtendenwollenden Liebkosungen seufzt du ein
lüttes Ja.

28.4.1996

Wie ich mir das Leben nach dem Tod vorstelle ?
Wie einen nichtendenwollenden Orgasmus.

16.7.1996

Neuzeit

Erinnerst du dich an die Tage, als wir des nachts beim
Schein der Kühlschrankbeleuchtung uns Geschichten nie
erlebter Abenteuer erzählten ?
Ich erfand die aberwitzigsten und tollsten Erlebnisse,
während du Abenteuer in nüchterne Worte kleidetest, als
wenn eine Amazonasdurchquerung so normal wäre, wie
einkaufen bei Bolle.
Wie sich später herausstellte hattest du mich belogen.
Deine Abenteuer waren gar nicht erfunden.

20.9.1996

Entsetzliche Fäulnis in meinem Salattelefon, dieser digitale Whiskeyschweiß einer durchwachten Computernacht.

Klar wie Sterne der Morgen der Erwachnis auf der Promenade des Badeortes. Vereinzelte Jogger aus und in alle Richtungen laufend.

Ich drehe den Walkman lauter und fange an zu walken, scheinbar den Joggern folgend in warmen nassen Kreisen. Mit meiner Ersatzhand durchwühlen wir den sandigen Strand, auf der Suche nach dem Ehering, den wir an diesem verkorksten Tag haben liegen lassen. Der Scheißring ist abgehauen, sagen wir nach einer halben Stunde auf Knien liegend. Du hast schon überall Druckstellen vom Suchen und rezitierst Walter von der Vogelweide auf eine unmögliche Art.

Das mag ich so an dir.

Ich bin müde und krieche in einen leeren Strandkorb, Partner.

9.10.1996

Staatstrauer um einen Angestellten
Wenn im Leben nach dem irdischen, wirklich die allumfassende Erkenntnis uns überkommt, verlieren wir dann nicht unsere Identität, soll heißen, unsere Individualität ?
Wenn alle alles wissen, gibt es doch keine zwei voneinander abweichende Meinungen mehr und was fangen wir dann Sinnvolles mit unserer Zeit an ?

Das Ende des irdischen Daseins.
Den Tod gibt es nicht. Entweder leben wir, unser Herz schlägt, das Gehirn arbeitet oder eben nicht.
Wenn danach noch etwas kommt sind wir nicht tot, sondern in einen anderen Zustand übergegangen.
Kommt danach nichts, merken wir davon nichts und es ist eh egal.
Kommt danach eine zeitlang nichts und dann ein wie auch immer geartetes Leben, können wir uns an die Zwischenzeit, wie an einen traumlosen Schlaf nicht erinnern.

29.10.1996

Strandgespräche über Staat und Kirche im Dorf lassen, Saatgut und Laub, Bodybuilding, Trunkenheit im Fitnessstudio. Festverzinsliche Anleihen, Bewertungsrichtlinien Kantscher Ethikbegriffe.
In 10 Minuten friert ein Geist im Wasser einer kalten Wanne. Wir vertreiben uns die Zeit mit verrückten Professoren, bei einem Glas Bier packt dich die Lust auf Zuhause. Unverstandene Trennungslinien zerfurchen die Seele und verursachen Schmerz immerwährend.
Ich werde den Gedanken nicht los am 31.10. ihr einen Weihnachtsmann in den Stiefel zu stellen, einfach so.
Ich esse erst mal einen.

29.10.1996

O ist die beste Freundin, der ich alles sagen kann, die stillhält, auch wenn es weh tut.
Die zugedopt noch Walzer tanzen kann. Die mich im Winter mit Schnee einseift und mir dann mit der Faust auf die Nase haut. Der ich im Partykeller die Schulterblätter massiere und als vereidigter Tütentransporteur die Beutezüge organisiere.
Die, mit der man Pferde stehlen kann, welche essbar sind.

29.10.1996

Sonny Lindquist hat 200 Gäste, als seine Augenbrauen anfangen zu zittern, isst man gerade eine gebratene Stunde Milchsahnehäubchenbaisée, während gleichzeitig irgendwo etwas passiert.

Für die Außerirdischen ist alles klar; klar, aber für Sonny ? Er heiratet heute und fühlt sich dabei irgendwie ertappt, als wenn Furcht einen beschleicht während man sich in der Glut des Lagerfeuers wälzt.

11.10.1997

Dies liegengebliebene Schattengewächs eines melancholischen Abends. Die Lust erstorben auf ein Neues. Sehnsucht nach der Wildheit eines rauhen Landes, dessen Bewohner eine fremde Sprache sprechen, dessen Berge in allen Regenbogenfarben leuchten, sobald die Sonne sie mit ihren ersten zarten Morgenstrahlen berührt.

Begraben das Gestern nach durchwachter Nacht. Durchdrungen von dem Wunsch diesen Tag zu feiern, ihm die Ehre zu erweisen und nicht durch Profantereien zu entheiligen. Wunderlich still wie die Mönche die Glocke schlagen, der Klang verhallt im Tal und pflanzt sich doch stets fort. Unaufhaltsam in jedem Winkel erreicht uns die innere Stimme und verpflichtet uns keine Worte zu verlieren, das Schweigen fortzusetzen, um Gehör uns zu verschaffen beim Versuch den morgigen Tag als Wiedergeburt zu erkennen.

Heute ist immer die Generalprobe für morgen.

11.10.1997

Stahlhelmzwerge auf Polstermöbeln begrüßen uns im Wartezimmer eines dänischen Allgemeinarzt.

Die Beruhigungsspritze scheint nicht zu wirken. Ich bin immer noch ganz aufgeregt vom Minigolfspielen und tatter mir beim Kreuzworträtsel was zurecht.

Ägyptisch für Pölser ? Vorname des Oberhauptes der Russisch-Orthodoxen Kirche ?

Die Eingebungen flitzen an mir vorbei, wie an dem ausrangierten Zug, den man im Depot vergessen hat. Hauptsache das Bordpersonal ist mit seinen neuen Aufgaben nicht überfordert und träumt weiter von einer Karriere als Fotomodell.

Noch jemand ohne Fahrschein ?

12.10.1997

Auf meinem Balkon

der Herbstwind fegt die toten Blätter durch die Straßen
ein wildes unbezähmtes Ringen
der Natur entliehener Kraft
der Schlaf in den so viele fallen
himmelwärts wir suchend blicken
und erschauern im kalten Licht des Mondes
fragend wenden wir uns ab
wohin uns wohl die Winterströmung treibt
fort reißen mich Gedanken
doch in mir da glüht noch das Verlangen

nach unsagbarer Leidenschaft
an welch Gestaden unser Irren
ein Ende finden mag
so schreib ich Dir jetzt und ruf Dir zu:
oh, ruf mich an !
meine Nummer hast Du ja.

Die Vergangenheit verliert ihr blasses Gesicht und rückt in
ungreifbare Ferne, von wo bisweilen Schreckgespenste uns
erreichen, sinnend unser Glück zu stören.
Nur schwache Seelen verweilen bei diesen Sirenen des
Unheils, die unseren Blick trüben wollen, für all das
Wunderbare dessen Zeugnis wir teilhaftig werden.
Unbeirrbar steuern wir unser Schiff durch die Fährnisse des
Lebens, denn wir sind nicht alleine.
Ich bin da für Dich, lass Dich niemals untergehen.
Wo Du auch bist, Dein Rufen bleibt nicht unerhört,
wenn Du es willst.

Der ruhige Atem der Natur
klingt nach in meiner Brust
Du bist die Beständigkeit in meinem Leben
gleich den Jahreszeiten
gleich den Jahreszeiten
kehre ich zurück in Deinen Schoß
und bist Du auch weit fort
lässt Du mich nicht mehr los
auch wenn mit Macht die Kälte Einzug hält
bricht Deine Liebe jedes Eis

Es gibt ein Schloss ohne Schlüssel
einen Kamin ohne Feuer
Wahrsager und keine Wahrheit
keinen Mond ohne Licht
keine Sonne ohne Dich
mein Herz bleibt dunkel,
wolkenverhüllt starre ich ins Leere
den Stolz und die Einsicht begrabend
jemals wieder einen guten Tag zu haben
24 Stunden ohne Dich ist wie ein verlorenes Geschenk
nutzlos verrinnen die Minuten
Carpe Diem gilt nicht mehr

Keinen Trost gibt es auf Erden
keine Tränen besiegen diesen Schmerz
kein noch so guter Witz bringt mir die Freude zurück
die ich mit Dir erlebt in jeder Stunde unserer Zweisamkeit
kein Bild von Dir täuscht darüber hinweg
Du gehst jetzt einen anderen Weg
hinter Dir bleibt ein leerer Platz
wie ein rechter Wanderer
der beständig Abschied nehmen muss
der sein Herz nichts und niemanden anhängen mag.

Versuchung von Glückseligkeit geträumt
beim Festhalten den Halt verloren
bin abgestürzt, hab vor Wut geschäumt
meine Unvollkommenheit wieder mal gespürt
und gedacht wer mir dieses Schicksal auserkoren
welcher von den Göttern meine Schritte lenkt
welcher mich zu alle dem verführt

sollte ich den jemals treffen, das habe ich geschworen
wird ein Donnergrollen das Signal für weitreichende
Veränderungen sein.

Die süße Schwere der Empfindung verschleiert
alles Wahre wird vernebelt
wir sehen den einzig lichten Schein der Realität
unerträglich jenem allein gegenüberzutreten
wir ziehen uns zurück und finden Trost
bei Wein und Kerzenschein
bis langsam unser Mut beginnt zu wachsen
lachend öffnen wir die Türen
den Nebel herbeiwünschend
voller Zuversicht greifen wir hinein
nichts erwarten, nichts verlangen, nichts erstreben
so bewegen wir uns durch das Flimmerlicht
das uns erwärmt und Vertrauen schenkt
dem wir uns hingeben, in dem wir uns verlieren
mit der Gewissheit aufgehoben zu sein
werden wir nachsichtig gegenüber den Verlassenen
Empfindungen.

Im Lichterglanz eines verarbeiteten Tages
finden salbungsvolle Worte kein Gehör
wie Straßenmusikanten
an denen wir tausend mal vorübergingen
verordnen wir uns selbst ein Zicl,
das geradewegs wir streben zu erreichen
mit Kraft und Energie wir schreiten vorwärts
unterwegs jedoch verlieren wir unser Glück
unbeachtet bleibt es liegen

bis weit genug wir uns entfernt
und eine Rückkehr ganz undenkbar ist.

Das Leid ist ein Quell der Dankbarkeit
für all die kleinen Aufmerksamkeiten
die uns geschenkt werden
wenn wir leise eine Träne verdrücken
und insgeheim schon wieder fröhlich sind
wir nehmen nicht ohne Stolz
und verteilen mit der gleichen verschwenderischen Hingabe
aus Leidenschaft , dieser lodernden Flamme ungezügelten
Verlangens vermögen wir alles zu erreichen
jeden Punkt der Welt zu berühren
nur durch das Zusammenspiel von Gefühl und Willen
gelingt ein jedes Unterfangen.

14.10.1997

Die Hitze brennt in meinem Gesicht
wie die glühenden Gedanken
an eine Frau mit allem Liebreiz dieser Welt
die mit ihren Füßen die Erde kaum berührt
es ist Magie am frühen Morgen
wenn den Schlaf ich mir aus meinen Augen reibe
und einen Moment lang glaube
dich an meinem Bett zu sehen
dein Lächeln sich in meinen Augen spiegelt
dein Duft den Raum erfüllt
die göttlichste Musik in deiner zarten Stimme liegt
und für einen Augenblick deine Hand die meine streift.

21.11.1997

Bin ich ein Siedler ohne Ung
ordentlich gekämmt verlangsamst du deine Schritte
und starrst auf mich zu
es gibt ein Vorüber auf dieser Welt
das Morgen das uns so gefällt
vergilbt in seiner Schalheit dieses Tanzes,
den auch ein Wunderwunsch vermag nicht zu entflammen
durch Nacht zum Licht
verwandelst du das Jetzt
was einmal war kam viel zu früh
wie unser Flug hinauf zu allen Sternen

25.11.1997

andachtsvoll um 1 Uhr morgens
entfährt ein Gähnen mir
entlassen in die Welt
verlassen auch von alledem was zählt
von Frau von Firma
vom Mut allein
zu sein
zu dem geworden was ich bin

Liebste,
so golden süß wie Honig, dein Haar
einen Glanz in diese Welt es trägt
die Dämmerung besiegt, die Nacht entflammt
Dein zartes Wesen mein Herz erobert mit sanfter Macht
so fordernd und doch so weich
Deine Gestalt im Traume und im Wachen
mir die Freude schenkt.
Ein Schwindel mich ergreift
verwirrst Du meine Sinne ganz und gar
und die Stille aus mir spricht
derweil ein Wirbeln und Tosen inwendig herrscht
die Gedanken fliehen sturmgepeitscht in alle Richtungen
hoffend auf Rückkehr
wieder unser Streichen über junge Haut verführt uns
aufs neue
ein wilder Ritt durch Zeit und Raum

2.11.1997

Ein langes Seil verglimmt am Rande der Erinnerung.
Waldtagesheim, das Vermächtnis eines Ureinwohners der
Besitzerstolz der Unterwanderung war verglichen mit dem
letzten   Prämienwandertag   das   Hühnerbein   der
Staatsanwaltschaft.
Walzer hatte einen Blasmusiker für einige Jahre schwerelos
gemacht.

Tief, tief unten erhob sich Stapel an Stapel einer ergreiffasslichen Kompromisslosigkeit, phantastischer Begrifflichkeit der 10-Band Walla-Walla. Hadduschreckkricht.

Alles ging geknickt ein Eis lutschen, dessen Lutschlichkeit wenn nicht eben groß aber ganz charakteristisch durschweifend ausladend war.

Tatsächlich aber.

21.11.1997

Habe nur kurze Gedanken, wie mein Haar.
Meine Kurzzeitfreundin hat mich gerade verlassen.
Das war gestern und schon denke ich an eine andere.
Eben noch küssten wir uns leidenschaftlich, im nächsten Moment ist sie schon bei ihrem virtuellen Ex-Freund samt Aussprache und Versöhnung.
Dazwischen war noch kurz Zeit für einen Migräneanfall.
Das ich nicht lache.
Die Stadt ist voller Wunder.
Voller Frauen, die mich nicht anbeten.

25.11.1997

Mit einer handvoll Taschen gab ich ihr die Klinke in die Hand.

„Ich finde dich toll", sagte ich. „Du bist ganz Frau."

„Na ja, nicht so ganz", gab sie zur Antwort.

Das wollte ich nicht hören, schließlich war sie 29.

Etwas wirr setzte ich fort:

„Die Erde dreht sich im Kreis, und wenn die Sterne blinken, muss ich an dich dinken."

Lachen konnte sie ebensowenig wie küssen und trotzdem redete sie:

„Frag den Supermarktleiter, wie geht es mit der Liebe weiter."

Mike : „Es kommt der Tag, da ihr erkennt,

dass die Sehnsucht in euch brennt /

das Entzücken einen überkommt / wem das Warndreieck mal wieder klemmt."

18.5.1998

Das gute gute Leben, wo ist's denn nu ?

32, endlich ausgewachsen. Von zu Hause aus erwachsen. Vom Hause nach Hause gelaufen.

Schlüssel rein, zack, zack, hinein. Der Anrufbeantworter blinkt. Ich mach mir erst mal einen Reim.

Aber wo isses ? Shit, leckt's mi do oi am Oasch, geh.

Bimmel, bimmel, es schellt am Kopf. Lachend vergesse ich den Witz über die Schwerkraft, erschien mir eh wie die Schmirgelkraft von gewissem Popopapi(er).

Ächzend klingelt der Sahnekuchen in der Badewanne.

Das Wasser ist wohl wieder zu warm.

Ich hüpfe ins Bad, um zu schaun, was im Spiegel so los ist.

Nach einer Viertelstunde entdecke ich mich so etwa am rechten oberen Rand. Schnackel, schnackel, dunkle Nase heute, was?

Dabei ist es nicht das Leben, sprich die äußeren Lebensumstände, die das Leben gut machen,

ja nicht einmal.

23.7.1999

Achtung Seppelgehirn, vorne links an der mittleren Tanne lehnt eine Schönheit von unglaublichen 1,85 m.

Die Zweige des Tannenbaums stützen ihre ausgebreiteten Arme und ein vorwitziges Zweigerl schaut zwischen ihren Beinen hervor und zieht das ohnehin knappe Kleid noch ein Stückchen weiter nach oben. Ein wildes Rudel rothaariger Eichhörnchen tollt von Baum zu Baum.

Rauf den Baum, runter vom Baum, von Ast zu Ast gehüpft, zwischendurch eine Nuss geknackt und vom Ast gekackt.

Ja, so macht Leben Spaß!

Der Boden um die Tannen herum wurde vergangenes Jahr ausgetauscht. Während eines Nato-Manövers wurden dort die Panzer gewartet und jede Menge Motoröl und Batteriesäure gelangten ins Erdreich. Nicht auszudenken, was hätte passieren können, wäre die Flüssigkeit ins Grundwasser gesickert.

14.11.1999

Sandfarbener Lichterkranz zerfetzter Wolken in Gedanken
verbindet den Fluss des Lebens mit dem Jetzt.
Das dünne Daseinsband im Angesicht des Universums ist
der Protest gegen das Unmögliche.
Ein reines Gefühl wie wohl die Seele ist, der Ausdruck des
einzig Wahren, des einzig wirklich Seienden.
Gerade das Unfassliche, Flüchtige hat Bestand seit aller
Ewigkeit; war da von Anbeginn.
Ich glaube, selbst wenn alle Energie erlischt, es nur noch
Schatten gibt, das Gefühl präsent sein wird, solange ein
Gedanke lebt.

31.12.1999

Der Bauch ist groß
voll getrunkenem roten Wein
die Luft voll schwarzem Pulver
der Mr. Urin im Waschbecken ist trotzdem rein
muss wohl die Menge sein !

Ich saß auf einer Sonne.

Es gab ein funkelblaues Lachen. Im Kamin glomm die Glut von letzter Nacht. Nie hätte ich gedacht, jemals in warme braune Augen Blicken zu dürfen, die brauner noch als mein Porsche Cabrio.

Welches ich gut verkaufen konnte für 911,- Mark. Lange Trauer deiner Augen um ein Stück rollendes Metall.

Nach der Jazzdisco, in der ich auflegte, du warst immer die letzte, die ging. Ich war immer der letzte, der ging. Und eines morgens gingen wir nicht. Wir blieben und liebten die uns umgebene Stille. Ich beichtete, dass ich eigentlich Metaller sei, Bon Scott und so, du mochtest Jazz.

Alles war ganz großartig, so einfach und beschwingt, wir tanzten.

Es war wieder einer dieser Tage
an denen ich immer sage
wo bleiben bloß die Männer mit der Trage ?
Mein Kopf fliegt himmelwärts mitsamt dem Körper einer
anderen Mexikanerin, Monique lebt in Acapulco im
selbsterbauten deutschen Kulturzentrum, während die
blonden + rothaarigen Wohngemeinschaften am
Großneumarkt Vokabeln babeln. Eine Selbstverbrämung
mit Violinen untermalt schreibt Lyrics für Stefan Raab, der
Gesellschafter einer Gewerbemüllsortieranlage ist.
Ich frage die braunen Locken, ob sich Kartoffelchips in
lateinamerikanischen Ländern auch so gut lutschen lassen.
Wäre nur mein Spanisch nicht so schlecht, hätte ich die
Antwort sicherlich verstanden. Aber so wird dieses
Mysterium für alle Zeit eines bleiben.
Es sei denn, beide Kontinente driften nächstes Jahr etwas
schneller aufeinander zu oder es wird endlich die
Atlantikbrücke gebaut. Immer muss man warten.
Das ganze Universum und alles drumherum ist ein
Wartesaal. Nur kommt man niemals dran.
Aber wozu sonst gibt es das Wort Hoffnung ?